落花水面皆文章

叶圣陶谈写作

叶圣陶◎著

开明出版社

图书在版编目（CIP）数据

落花水面皆文章：叶圣陶谈写作 / 叶圣陶著 . —
北京：开明出版社，2017.7（2023.2 重印）

ISBN 978-7-5131-3199-5

Ⅰ . ①落… Ⅱ . ①叶… Ⅲ . ①文学创作—写作学
Ⅳ . ① I04

中国版本图书馆 CIP 数据核字（2017）第 171523 号

责任编辑：卓玥

特约编辑：吕征　刘苗苗

书　名：落花水面皆文章

出版人：陈滨滨

著　者：叶圣陶

出　版：开明出版社（北京市海淀区西三环北路 25 号青政大厦 6 层）

印　刷：山东华立印务有限公司

开　本：880mm × 1230mm　1/32

印　张：7.25

字　数：108 千字

版　次：2017 年 9 月 第一版

印　次：2023 年 2 月 第七次印刷

定　价：46.00

目录

写作是怎么一回事

生活是写作的好材料

怎样写作

好文章是改出来的

文章的“好”与“不好”

写作是怎么一回事

习作是怎么一回事 / 写作是极平常的事

写作漫谈 / 写文章跟说话

阅读是写作的基础 / 动笔之前和完篇之后

习作是怎么一回事

习作到底是怎么一回事？教学国文的双方似乎都不大问，其实是应该问的。

如果回答：课程标准规定有习作一项，所以要习作。这不能算回答，因为没有说明白习作是怎么一回事。

如果回答：一个人需要写文章，习作就是学习写文章。这是回答了，因为说明白是怎么一回事了。

可是，一个人为什么定要写文章呢？照普通见解说，写文章是文人的事儿。一个人工人、农人、商人，什么都可以做，哪有注定做文人的？既然不注定做文人，为什么定要写文章？

话似乎应该这么说：我们且把文人和文章撇开。人人做文人，决无此理。习作的目的不在学习写文章，预备做文人。——这是一层，属于消极方面的。

一个人固然什么都可以做，可是无论什么人都有意思情感，而且，无论什么人都生活在人群中间，随时有把意思情感发表出来的需要。发表可以用口，可以用笔，比较起来，用笔的效果更大。因此，人人都要学习用笔发表，人人都要习作。

用口发表，凭借的是语言；用笔发表，凭借的是文字。语言与文字其实是二而一的东西，在通行了口语文的今日尤其如此。语言说“今天早上”，文字也写“今天早上”，语言说“物价涨得太厉害了”，文字也写“物价涨得太厉害了”。只要说得不错，写出来一定不错，除了写别字以及写不出那个字以外，写的方面是没有多大问题的。工夫还得用在说的方面：写得好就因为说得好。

至于说，当然不只是运动发音机关，发出一串语音来。说些什么，怎么个说法，都得凭各人的经验作底子。换一句说，都得凭各人的世界观、人生观，以及语言习惯作底子。底子不好，无论如何说不好。说好话写好文字的人，其实不是他们的话好文字好：是他们的底子好。

到这儿，习作是怎么一回事的问题可以回答了。习作是凭各人的底子，努力说好话，把它写出来。就是这么一回事。——这又是一层，属于积极方面的。

凭各人的底子，努力说好话，其实就是一串思想过程。

有一派心理学者说，思想是不出声的语言。凭经验，我们可以承认这个话。我们不能空无依傍地思想，我们思想依傍语言。想这个，想那个，就是不出声地说这个，说那个。先怎么想，后怎么想，就是不出声地先怎么说，后怎么说；朦朦胧胧的思想就是七零八落的语言，如果说出来，不成其为话；清清楚楚的思想就是有条有理的语言，如果说出来，就是一番好的话；思想与语言也是二而一的，把前面说的调过来说，语言是出声的思想。

这样看来，又可以说习作就是练习思想。

总括以上的意思：因为要发表，所以要习作。习作就是练习说话，也就是练习思想，把那结果写出。

关于练习，还有些话可说。譬如学数学的人翻开一本数学教本，那上面有若干题目，布多少钱一尺，五尺该多少，一块地东西多宽，南北多长，面积该多少，他就一一计算，这叫作练习。实际上他并不买布，并不量地，只是假定有那么一回事而已。因此，似乎所谓练习是应付假设的事，不是实际生活中的事；是准备阶段的事，不是当前受用的事。其实不然，虽不买布，但买米买柴同样可以用买布的计算方法；虽不量地，但量房间量桌子同样可以用量地的计算方法。所以练习也是实际生活中的事，也是当前受用的事。

至于习作尤其如此。你必须有一些材料，一番意境，才可以习作。材料是实际生活中得来的，意境是此时此地想起的，你凭这些个来练习说话，练习思想，绝非应付假设，绝非为他日的说话思想作准备。你练习得好，就是当前说好了一番话，想好了一段思想。所以习作也是一种实际生活，不是假设的游戏。

根据以上的见解来看在春先生的《集体习作实践记》，那就是一部讨论怎样说好话的书，也就是一部讨论怎样想好思想的书。书中虽然分出“材料商讨过程”和“文字商讨过程”，好像把内容和形式划为两事，其实这只是为的讨论的方便。材料既已选定，前后排比既已停当，那时候，一个词儿一种语气的运用也就安排好了。换句话说，内容既已确定，形式也同时完成了，只待写下来就是。如果有一个词儿尚待推敲，一句语气尚待揣摩，那就是话没有说好，思想没有想好，还是内容方面的事。

次说“集体习作”，这个办法非常好，就是许多人共同练习说话，练习思想。一个人难免有欠周妥处，大家讨论，讨论到大家满意，那一定是比较最好的说法和想头了。我曾经写过些关于写作教学的文字，都说到共同讨论，正合在春先生的意思。

希望这本书能得到教师和学生的深切注意。

写作是极平常的事

这一回谈写作。写作就是说话，为了生活上的种种需要，把自己要说的话说出来；不过不是口头说话，而是笔头说话。各人有他要说的话，我写作是我说我的话，你写作是你说你的话。并没有话而勉强要说话，或者把别人的话拿来当作自己的话，都是和写作的本意相违反的。写成的文字平凡一点，浅近一点，都不妨事；胸中只有这么些平凡的经验和浅近的情思，如果硬要求其奇特深远，便是勉强了。最要问清楚的是：这经验和情思是不是自己胸中的？把它写出来是不是适应生活上的需要？如果是的，那就做到了一个“诚”字了。写作和说话一样，“立诚”是最要紧的。

咱们小时候不会说话，学习又学习，渐渐地会说话了，其经过自己往往记不清楚。但是只要看小孩们学习说话的经过，就知道这是一串很自然，可是很辛苦的工作。小孩要想吃东西的时候，就学着大人说“饭”或“吃”；要得到大人的爱抚的时候，就学着大人说“抱”或“欢喜”：这岂不是很自然的？但是，若把语音发错了，或者该说“吃”的却说了“抱”了，就不能满足他的欲望。他为要满足他的欲望，必须随时努力矫正，使说出来的刚好表白他的意念：这岂不是很辛苦的？从简单的一词一语起，直到能够说连续的一串话，能够讲一个故事，情形都如此。再进一步，他就要用笔说话了。想把教师的话记下来，就有写笔记的需要；想把自己的情意告诉许多同学，就有写一篇文字的需要；离开了家庭或朋友，就有写信的需要：因有需要，才拿起笔来说话，这正同他孩子时代说“吃”和“抱”一样的自然。但是，笔记记得不成样子，查看时候就弄不明白；情意说得不畅达，同学看了就莫名其妙；信写得糊里糊涂，接信的对方就摸不着头脑。在初动笔的时候，写不好几乎是必然的。从写不好到写得像个样子，这其间也要经过一段辛苦的学习过程。学习无非依傍人家，但消化的工夫还在自己。人家的笔记怎样记的？人家的情意怎样达的？人家的信是怎样写的？把人家的“怎样”看出来是一层，把自己的不“怎样”看出来是一层，把人家的“怎样”矫正自己的不“怎样”，使它成为自己的习惯，又是一层。到习惯养成了的时候，他才算学习及格，能够用笔说话了，用来应付生活上的种种需要，可得许多便利，和能够用嘴说话一个样。

我说以上的话，意在表明写作是极平常的可是极需要认真的一件事情。这个观念很关重要，非在学习写作的时候认清不可。从前科举时代，学生在书塾里学习写作，那是有一个特殊的目标的，就是写成投合考官眼光的文章，希望在仕宦的阶梯上一步步爬上去。现在虽然仍旧有考试，但考试的性质和科举时代不同了；你若认为学习写作的目标只在应付几回升学考试、毕业考试或其他考试，你就根本没有弄明白写作对于你有什么意义；从前书塾里也有一些高明的先生，不仅要学生去应考试，他们对学生期望得更高，要学生成为著作家或文章家，写作的教学就以此为目标。这样的目标显然也是特殊的；现在的国文教师不自觉地承袭着这个传统的，似乎还有，如在“批语”中发挥“立言”或“著作”的大道理的，以及迫着学生揣摩“神气”“阴阳”等抽象理法的，就是了。试想自古到今，成功的著作家或文章家有多少？即不说成功，想做著作家或文章家的又有多少？如果写作的目标只在做著作家或文章家，那么，让想做的人去学习好了，何必人人都学习？现在人人要学习写作，就因为把从前那种特殊目标丢开了，看出了它的平常，虽说平常，却又是人生所必需的缘故。说得具体一点，现在学习写作，并不为应考试，也不为要做著作家或文章家：只因为要记笔记，要把情意告诉别人，要写信给家庭或朋友，诸如此类。这些事都是极平常的，但做不来便是人生的缺陷。咱们不愿意有这种缺陷，所以非学习写作不可。

从前科举时代，作经义题目，是“代圣贤立言”，作策论题目，是“代帝王划策”。一个人对于经籍，如果确有所得，而所得又正与圣贤的见解相合，诚实地发挥出来，就迹象说，便是“代圣贤立言”，这并没有什么可议之处；一个人对于政治，如果确有真知灼见，或可以救一时之弊，或可以开万世之利，详尽地表示出来，就迹象说，便是“代帝王划策”，这也是很有意思的事儿；然而读经籍而能有所得，研究政治而能有真知灼见，只有极少数的人才办得到。科举制度却把文章的作用规定了，一般士子既要去应考试，学习写作就得顺着那方向走；你即使对于经籍毫无所得，也须代圣贤立言，你即使对于政治一窍不通，也须代帝王划策；只有极少数人办得到的事情，硬要多数人也勉强去做。试想其结果怎样？必然是言不由衷，语不切实，把人家的现成话抄袭一番，搬弄一番而已。这样的工夫做得到家，对于应付考试是有益的，可以蒙考官录取；然而对于整个生活却是有害的，因为无论说话作文，最要不得的是言不由衷，语不切实，而那些人偏偏落在这个陷阱里。做不到家的更不必说了，一辈子学习写作，既不能取得功名，又没有在生活上得到什么便利，真是被笔砚误了一辈子。

现在并不是科举时代了，我为什么要说那时代写作教学的弊病呢？因为现在的教师、家长乃至青年自己，对于写作这回事，还有抱着科举时代的精神的。这种精神必须根本革除，否则写作便是生活上的赘瘤，说得过火一点，竟可以不必学习，学习比不学习更坏。抱着科举时代的精神，从什么地方可以看出来呢？教师出一些超过学生能力的题目给学生作，迫着学生写一些自己也不甚了了的话在本子上，这和从前硬要代圣贤立言、代帝王划策没有两样，是科举时代的精神。认学习写作专为应付考试；升学考试毕业考试要出什么样的题目，平时便作什么样的题目，教师对学生说“作文要用功，考试才可以及格”；家长对子弟说“你的文字这么坏，考试怎么能及格”：这是科举时代的精神。把写作看作与生活无关的事儿；不写自己的经验和情思，临到动笔，便勉强找一些不相干的话来说；或是以青年人的身份学说老年人的话，或是以现代人的身份学说古代人的话：这是科举时代的精神。请读者诸君想想，这些现象是不是有的？如果有的，咱们非改变观念，消灭这些现象不可。观念改变了，这些现象消灭了，咱们才可以认真的学习写作。

认真的学习写作也不是什么艰难的事情。简单的说，自己有什么就写什么，就是认真。一件事物，你知道得清楚的，一个道理，你明白得透彻的，一个意思，你思索得周到的，一种情感，你感受得真切的，这些都是你自己的东西。如果为了需要须动手写作，你就以这些为范围。反过来说，自己没有什么而勉强要写什么，就是不认真。所以，没有弄清楚孔子的学术思想而论孔子之道，没有某种经验和想象而作某种小说，自己一毛钱也不捐而作劝人献金的传单，平时从不想到国家民族而作爱国家爱民族的诗歌，都是不认真。其次，写什么定要竭尽自己的能力把它写出来，就是认真。你心里知道得清楚，明白得透彻，是一回事。把它写出来，大半是为了给人家看，人家看了你的文字，能不能知道得清楚，明白得透彻，又是一回事。两回事必须合而为一，你的写作才不是白费心力。理想的目标当然是写出来的刚好和你心里所有的一模一样，不多不少。但是把意念化为文字，要做到这般地步，事实上几乎不大可能；唯有竭尽你当时所有的能力，使写出来的差不多贴合你心里所有的，使人家看了你写出来的差不多看见了你的心。我说“所有的能力”，为什么在前边加一个“当时”？因为能力是逐渐长进的，在甲阶段不会有乙阶段的能力，要求躐等，实际上固然办不到，但本阶段的能力不可不尽；各阶段都有它的“当时”，每一阶段的“当时”都竭尽能力，你的写作就一辈子认真了。反过来说，写什么而马马虎虎，草率了事，就是不认真。所以，用一个词儿，不审察它的意义和用例，造一句句子，不体会它的句式和情调，以及提笔就写，不先把通体想一想，写完就算，不再把全文念几遍，以及不肯就自己的观点问一声“这写出来的是不是差不多贴合我心里所有的”，又不肯就读者的观点问一声“读者读了这文字是不是差不多看见了我的心”，都是不认真。认真的项目不过如上面所说的两个，普通人能如此，写作对于他是生活上非常有益的技能，终身受用不尽；就是著作家或文章家，也出不了这个范围，不如此而能成为著作家或文章家，那是不能想象的事情。

以上都是理论，现在要谈到方法了。学习写作的方法，大家知道，该从阅读和习作两项入手。就学习写作的观点说，阅读不仅在明白书中说些什么，更须明白它对于那些“什么”是怎么说的。譬如读一篇记述东西的文字，假定是韩愈的《画记》，要看出它是把画面的许多人和物分类记述的；更要看出像他这样记述，人和物的类别和姿态是说明白了，但人和物在画面的位置并没有顾到；更要明白分类记述和记明位置是不能兼顾的，这便是文字效力的限制，一篇文字不比一张照片。又如读一篇抒写情绪的文字，假定是朱自清的《背影》，要看出它叙述车站上的离别全在引到父亲的背影，父亲的背影是感动作者最深的一个印象，所以凡与此无关的都不叙述；更要看出篇中所记父亲的话都与父亲的爱子之心有关，也就是与背影有关，事实上离别时候父亲决不止说这些话，而文中仅记这些，这便是选择的工夫；更要看出这一篇抒写爱慕父亲的情绪全从叙事着手，若不叙事，而仅说父亲怎么怎么可以爱慕，虽然说上一大堆，其效果决不及这一篇，因为太空泛太不着边际了，抒情须寄托在叙事中间，这是个重要的原则。阅读时候看出了这些，对于写作是有用的。不是说凡作记述东西的文字都可以用《画记》的方法，凡作抒写情绪的文字都可以用《背影》的方法；但如果你所要写的正与《画记》或《背影》情形相类，你就可以采用它的方法；或者有一部分相类，你就可以酌取它的方法；或者完全不相类，你就可以断言决不该仿效它的方法。

《画记》和《背影》都是合式的成品的文字。阅读时候假如用心的话，即使遇到不合式不成品的文字，也可以在写作方面得到益处。那益处在看出它的毛病，自己看得出人家的毛病，当然可以随时检查自己，不犯同样的毛病。譬如，我近来收到一本杂志。中间有一篇小说，开头一节只有一句话：“是零星点点的晨曦。”“曦”是“日色”“日光”，“晨曦”是朝晨的阳光，朝晨的阳光怎么能用“零星点点的”来形容它呢？我想了一想，明白了，作者把“晨曦”误认作“朝晨”了；他的意思是那时间是清早，天上的星还没有完全隐没，所以说“是零星点点的晨曦”。他的毛病是用错词儿。我得了这个经验，写作时候便可以随时检查自己，看文字中有没有用错词儿，把甲义的词儿误认作乙义的。那篇小说的第二节是以下的话：“在某战区某司令部的会议室中，集合着一群雄赳赳气昂昂的男女青年，他们都是不怕牺牲，忠勇爱国的英雄。”看了这一节，我就想：一篇表白欢情的文字，也许找不到一个“欢喜”或“快乐”，一篇表白悲感的文字，不一定把“悲伤”“哀痛”等词儿写上一大堆；只要用了叙述和描写，把引起欢情或悲感的经过曲曲达出，在作者便是抒写了他的情绪；读者读了，便起了共鸣，也感到可喜或可悲。同样的情形，一群男女青年是“雄赳赳气昂昂的”，是“不怕牺牲，忠勇爱国的英雄”，只要用叙述和描写，把他们的思想、言语、姿态、行动曲曲达出，让人家读了，自己感到他们是“雄赳赳气昂昂的”，是“不怕牺牲，忠勇爱国的英雄”，就是了。何必预先来一个说明呢？倘若后文的叙述和描写没有达出这些，虽经预先说明，人家还是感觉不到。倘若后文的叙述和描写果能达出这些，这预先说明也是多事，不但不增加什么效果，反而是全篇的一个小小斑点。作者的毛病是误认说明可以代替表现，我得了这个经验，写作时候便可以随时检查自己，看文字中有没有该用表现的地方而用了说明的，有没有写了一大堆却不能使人家感觉到什么的。阅读若能这样随时留一心，不但不合式不成品的文字对于咱们写作方面有益处，就是一张广告（如某种肥皂的广告上写道："完全国产，冠于洋货"），一个牌示（如某浮桥旁边县政府的牌示道："通过时不得互相拥挤以免发生危险"），也是咱们研摩的好资料。

至于习作，最好在实用方面下功夫。说清楚一点，就是为适应生活上的需要而写作，所以要认真地学习写作。如有信要写，有笔记要记，有可叙的事情要叙出来，有可说的情意要达出来，那时候千万不要放过，必须准备动笔。动笔以前，又必须仔细料量，这信该怎么写，这笔记该怎么记，这事情该怎么叙，这情意该怎么达；料量停当，然后下笔。完篇以后，又必须自己考核，这信是不是正是你所要写的，这笔记是不是正是你所要记的，这文字是不是正叙出了你所要叙的事情，这文字是不是正达出了你所要达的情意：考核下来，若是正是的，就实用说，你便写成了适应需要的文字；就学习说，你便增多了一回认真的历练。咱们当需要说话的时候，就能开口说话，因为咱们从小养成了这个习惯。若是从小受到禁遏，习惯没有养成，说话就没有这么便当了，甚而至于要不会说话。咱们学习写作，也要像说话一样养成习惯，凡遇到需要写作的时候，就提笔写作。错过需要写作的机会，便是自己对自己的禁遏。一回错过，两回错过，禁遏终于成功；于是你觉得一支笔有千斤般重，搜尽肚肠好像没有一点东西可以写的，你不会写作了。提笔真是一件非常艰难的事情吗？你胸中真个没有一点东西可以写的吗？并不。你所以不会写作，只因为你没有养成写作的习惯。养成习惯的方法并不难，不过是要写就写，不要错过机会而已。你如果抱定宗旨，要写就写，那你的写作机会一定不少，几乎每天可以遇到。读一本书，得到了一点意思，经历一件事情，悟出了一个道理，与朋友谈话，自己或朋友说了有意义的话，参加一个集会，那景况给予自己一种深刻的印象，参观一处地方，那地方的种种对自己都是新鲜的有兴味的，这些时候，不都是你的写作机会吗？若把这些并在一起，通通写下来，便是日记。有些人常常劝人写日记，其一部分的理由，就在写日记便不致错过写作的机会；并不是叫人写那什么时候起身什么时候睡觉的刻板账。若把这些分开来，或单写读书得到的意思，或单写从事情中悟出的道理，便是或长或短的单篇文字。那时候你提起笔来，一定觉得你所要写的就在意念之中，而不在遥远不可知的地方；所以你不必沉入虚浮的幻想，也不致陷入惶惑的迷阵，只须脚踏实地，一步步走去就是。这样成了习惯，别的成就且不说，至少你的文字不会有空洞、浮夸、糊涂、诞妄等等毛病了。

现在再说由教师命题，咱们按题习作。咱们如果能不错过写作的机会，就得每天动笔写作；这样，练习已经很够了，教师命题可以说是多余的。教师所以要命题，就恐怕咱们错过机会，不肯要写就写，或是一星期不动一回笔，或是一个月不动一回笔；出了题，便逼得咱们非动笔不可。咱们对于命题习作，应该作这样看法。贤明的国文教师当然作这样看法。所以他们所命的题，往往是指定一个范围，那范围包含在咱们的经验和意念的大范围之内，叫咱们就那范围写些出来。这样，虽然是教师命的题，实际上与咱们自己要写就写并无两样。举例来说，咱们各人有个家庭，对于家庭各人有种种的知识、情绪和感想：教师出一个《我的家庭》的题叫咱们作，岂不是和咱们自己要就“我的家庭”写篇文字一个样子？又如咱们去参加“月会”，各人具有一种奋发的严肃的心情，听了演讲人的话，各人有所触发，有所警惕，或有所评判；教师出一个《月会》的题叫咱们作，岂不是和咱们自己要就“月会”写篇文字一个样子？遇到这样的题，咱们自然如自己本来要写似的，径把胸中所有的写出来。不幸的是咱们有时遇见不甚贤明的教师，他们所命的题越出了咱们的经验和意念的范围，使咱们无从下手。如出了《师严而后道尊说》的题。咱们平时既没有想到“师”该怎样“严”的问题，又没有思索过什么叫作“道”，实在想胡说也无从说起。胡说是不应该的，何况胡说也办不到；那只有请求教师换过一个题了（因此交白卷闹风潮是不必的，教师虽不甚贤明，总该有一点贤明之处，可以帮助咱们的）。万一第二回出的题与《师严而后道尊说》不相上下，乃至第三回

第四回还是如此，那咱们须特别警觉了：教师对于命题习作的看法和咱们全不一样，咱们要在写作方面求长进，更非随时要写就写，不错过机会不可了。

写作虽说就是说话，究竟与寻常口头说话有所不同。咱们寻常口头说话，想到一事说一句，看到一事又说一句；和人家谈话，问询这个是一句，回答那个又是一句。不要说一天工夫，就是把一点钟内的说话集拢来，便是噜噜苏苏不相连续的一大堆。写作决不是写下这么噜噜苏苏不相连续的一大堆。咱们要写作，必然有个主旨；前面所说读书得到的意思，从事情中悟出的道理，这些都是主旨。写作的时候，有关主旨的话才说，而且要说得正确，说得妥帖，说得没有遗漏；无关主旨的话却一句也不容多说，多说一句就是累赘，就是废话，就是全篇文字的一个疵点。这情形和当众讲话或演说倒有些相像；咱们站起来当众讲话或演说，也不能像平时一样杂七杂八的说，必须抓住一个主旨，让一切的话都集中在那主旨上头才行。有些人写作，写了一大堆，自己不知道说了些什么；拿给别人看，别人也不知道他说了些什么。这就是忘记了写作必然有个主旨的毛病。主旨是很容易认定的，只要问自己为什么要写作这篇文字，那答案便是主旨。认定了主旨，还得自始至终不放松它；写一段，要说得出这一段与主旨有什么关系；写一句，要说得出这一句对主旨有什么作用。要做到这地步，最好先开列一个纲要，第一段是什么，第二段是什么，然后动手写第一段的第一句。这个办法，现在有许多国文教师教学生照做了。其实无论哪一个写作，都得如此；即使不把纲要写在纸面上，也必须预先想定纲要，写在自己的心上。有些人提笔就写，写来很像个样子，好像是不假思索的天才；实则也不是什么天才，他们只因太纯熟了，预先想定纲要的阶段仅需一会儿工夫，而且准不会有错儿，从外表看，便好像是不假思索了。

一段文字由许多句子合成，句有句式；一句句子由许多词儿合成，词有词义。句式要用得妥帖，词儿要用得得当，全在平时说话和阅读仔细留心。留心的结果，熟悉了某种句式某个词儿用在什么场合才合适，写作的时候就拿来应用，那准不会有错儿。消极的办法，凡是不熟悉的句式和词儿，绝对不要乱用。一些所谓不通的文字，就是从不懂得这个消极办法而来的。不熟悉，用错了，那就不通了。如果在写下去的时候，先问问自己：这个句式这个词儿该是怎么用法？用在这里合式不合式？待解答清楚了再写，不通的地方即使还有，也不会太多了。一篇文字不能必须求其有特别长处，但必须求其没有不通之处；因为特别长处往往由于咱们的经验和意念有长处，这是平时的积聚，不能临时强求；而不通之处却是写作当时可以避免的，可以避免而不避免，就应用上说，便是不得其用，就态度上说，便是太不认真。

关于写作的话还有很多，这一次说得太长了，余下的留到以后再谈。

写作漫谈

预备写作的青年常常欢喜打听人家的写作经验。“你写作的动机是什么？你所要表达的中心意旨是什么？你怎样采集你的材料？你怎样处理你的材料？你在文章的技术上怎样用功夫？”

一些作家为着回答这种恳切的请教，就根据自己的经验，写成或长或短或详或略的文章。另外一些作家并不曾被请教，可是回想自己在写作上所尝到的甘苦，觉得很有可以谈谈的，也就写下写作经验之类的文章。

这样的文章，对于了解作品和作家，很有点用处。我们所接触到的是作品，作品是从作家的心情的泉源里流出来的，所以了解作家越多，了解作品越深。写作经验之类把作家从心情活动起，直到写成固定形式（作品）为止，这一段过程告诉我们，自然可以使我们得到更多更深的了解。

但是，看了这种文章，对于着手写作未必有多大的帮助：第一，许多作家说来的经验很不一致，依从了谁说的好呢？第二，即使在很不一致的说法中间“择善而从”，可是“从”还只是呆板的效学，能不能渐渐熟练起来，把人家的经验化作自己的经验，也是问题。第三，经验是实践的结果，人家实践了，得到独有的经验，我们来实践，也可以得到独有的经验。与其被动地接受人家的经验，不如自动地从实践中收得经验。接受得来的经验也许会“食而不化”，从实践中收得的经验却没有不能供自己受用的。

我不是说写作经验之类绝对看不得。我只是说对于这种东西，希望不要太深切，一味想依靠这种东西，尤其不行。古往今来成功的作家中间，哪几个是看了写作经验之类而成功的，似乎很难指说出来。

预备写作的青年又常常欢喜懂得一点文章的理法。剪裁和布局有什么关系？叙述和描写有什么不同？同样一句话语有几个说法，哪一个说法效果最大？同样一个情境有几个写法，哪一个写法力量最强？诸如此类的问题，都是他们所关心的。

关心这些问题决不是坏事情，所以解答这些问题也决不是无聊的勾当。关于这方面，现在已经有了许多的文篇和书本，甚至连文艺描写辞典之类也编出来了。

这种文篇和书本，对于训练阅读的能力，很有点用处；所谓阅读，除了随便看看的以外，原来应该咀嚼作品的内容，领会作品的技术。现在有了这些东西，把许多作品的技术归纳起来，作为我们的参考，自然可以使我们触类旁通，左右逢源，增进阅读的能力。但是，在着手写作的时候，最好把这些东西忘掉。写作的时候应该信奉“文无定法”这句老话，同时自己来规定当前这篇作品所需要的理法。一个作家在斟酌一篇作品的布局，推敲一段文章的辞句，他决不这样想：“依照文章作法应该怎样？”他只是这样想：“要把当前这篇作品写得最妥帖应该怎样？”一边写东西，一边顾虑着文章作法中所说的各种项目，务必和它合拍：这不是写东西，简直是填表格了。填表格似的写成功的作品很难像个样儿，是可想而知的。何况你要这样做，必然感到缚手缚脚，大半连不大像个样儿的作品也难以写成功。

所以，对于文章作法之类和对于写作经验之类一样，希望太深切必然失望，一味想依靠，结果是靠不住。

预备写作，大概要训练一副明澈的眼光。种种的事物在我们周围排列着、发生着，对它们怎样看法，要眼光，怎样把它们支配运用，要眼光。说得学术气点儿，眼光就是所谓人生观和世界观。一个人尽可以不理会人生观和世界观那些名词，但是决不能没有一副应付事物的眼光，如果没有，他就生活不下去。眼光又须求其明澈。假定看法是错误的，支配运用是失当的，这就由于眼光不明澈的缘故，这样的生活就是糊涂无聊的生活。根据了这个着手写作，写成的就是糊涂无聊的作品，从认真的严肃的态度着想，这种作品很可以不用写。

进一步说，训练一副明澈的眼光是人人应该做的事情，一个工人、一个农夫、一个政府委员、一个商店伙计，如果不愿意过糊涂无聊的生活，都得随时在这上边努力。现在说预备写作需要训练眼光，好像这只是作家应该做的事情，实在有点儿本末倒置，认识欠广，这种指责是应该接受的。我们不妨修正地说：一个作家本来应该训练一副明澈的眼光，因为他是一个人，必须好好地生活，同时为着写作，尤其应该训练一副明澈的眼光，因为唯有这样，写成功的东西才不至于糊涂无聊。

试看一些对于不好的作品的批评，如含义空虚，认识错误，取材不精当，描写不真切，这种种毛病，推求到根源，无非作者眼光上的缺点。眼光没有训练好，写作时候不会忽然变好。平时把眼光训练好，写作时候还是这一副眼光，当然错不到哪里去。而训练眼光是整个生活里的事情，不是写作时候的事情，更不是看看人家的写作经验之类所能了事的事情。

预备写作，又要训练一副熟练的手腕。什么事情都一样，要求熟练，唯有常常去做，规规矩矩去做。要把写作的手腕训练到熟练，必须常常去写，规规矩矩去写。练习绘画先画木炭画，练习雕像先雕一手一足，称为基本练习，基本弄好了，推广开去才有把握。写作也需要基本练习，写信、写日记、写随笔，此外凡遇见可以写作的材料都不放过，随时把它写下来，这些都是基本练习。“出门不认货”的态度是要不得的，必须尽可能的力量，制造一件货色让它像一件货色。莫说全段、全篇都得斟酌，就是一个句子、一个字眼，也要经过推敲。写成功的虽然不一定是杰作，可是写作时候要像大作家制作他的杰作那样认真。这种习惯养成了是终身受用的，这样训练过来的手腕才是最能干最坚强的手腕。

练习和成功，实际上是划不清界限的。某年某月以前是练习的时期，某年某月以后是成功的时期，在任何作家的生活史里都难这样地指说。不断地写作就是不断地练习，其间写作得到了家的一篇或是几篇就是成功的作品。所以在写作的当儿，成功与否尽可以不问，所要问的是，是否尽了可能的力量，是否运用了最能干最坚强的手腕。

总之，写作是“行”的事情，不是“知”的事情。要动脚，才会走；要举手，才会摘取；要执笔，才会写作。看看文章作法之类只是“知”的事情，虽然不一定有什么害处，但是无益于写作的“行”是显然的。

写文章跟说话

写文章跟说话是一回事儿。用嘴说话叫作说话，用笔说话叫作写文章。嘴里说的是一串包含着种种意思的声音，笔下写的是一串包含种种意思的文字，那些文字就代表说话时候的那些声音。只要说的写的没有错儿，人家听了声音看了文字同样能够了解我的意思，效果是一样的。

写文章跟说话是一回事儿。要有意思才有话说。没有意思硬要说，就是瞎说。意思没有想清楚随便说，就是乱说。瞎说乱说都算不得好好的说话。用笔说话，情形也一个样。嘴里该怎么说的，笔下就该怎么写。嘴里不那么说，笔下就不该那么写。写文章决不是找一些稀奇古怪的话来写在纸上，只不过把要说的话用文字写出来罢了。

小朋友不要听见了“作文”“写文章”，以为是陌生的事儿，困难的事儿。只要这么想一想：这就是用笔说话呀。谁不会说话？想过之后，自然就觉得“作文”“写文章”是稀松平常的事儿了。而且，从小学一年级起，小朋友就写“爸爸做工”，“妈妈洗衣服”这类的句子，这就是用笔说话的开头。如果开了头一直不断地写，三年、四年、五年，用笔说话的习惯必然养成了。这时候，谁叫不要写就觉得被剥夺了自由，能够随意地写正是极度的自由，哪会有嫌陌生怕困难的？

认定了写文章跟说话是一回事儿，就不必另外花什么工夫，只要把话说好就是了。话是本该要说好的，不写文章也得说好。咱们天天说话，时时说话，说不好怎么行？说好了的时候，文章也能写好了。咱们平常说谁的文章好，谁的不好，意思也是指的说好说不好。

现在要问，怎么才算把话说好？花言巧语，言不由衷，好不好？认是为非，将虚作实，好不好？含含糊糊，不明不白，好不好？颠三倒四，噜里噜苏，好不好？

问下去可以问得很多，不要再问吧。就把上面问的几点来想一想，那样的话决不会有人说好。在前的两点是不老实，在后的两点是不明确。说不老实的话，谁都知道无非想欺人骗人，怎么要得？说不明确的话，在自己是说了等于没有说，在人家是听了一阵莫名其妙，怎么能算说好？

咱们不妨简单地这么说：说话又老实又明确才算说好。以外当然还有可以说的，可是老实跟明确是最根本的两点。做到这两点，才可以谈旁的。这两点也做不到，旁的就不用谈了。

“作文”“写文章”到底是怎么一回事儿呢？回答也简单，就是用笔说又老实又明确的话。

阅读是写作的基础

在中小学语文教学中，基础知识和基本训练都重要，我看更要着重训练。什么叫训练呢？就是要使学生学的东西变成他们自己的东西。譬如学一个字，要他们认得，不忘记，用得适当，就要训练。语文方面许多项目都要经过不断练习，锲而不舍，养成习惯，才能变成他们自己的东西。现在语文教学虽说注意练习，其实练的不太多，这就影响学生掌握基础知识。老师对学生要求要严格。严格不是指老师整天逼着学生练这个练那个，使学生气都透不过来，而是说凡是要学生练习的，不要练过一下就算，总要经常引导督促，直到学的东西变成他们自己的东西才罢手。

有些人把阅读和写作看作不甚相干的两回事，而且特别着重写作，总是说学生的写作能力不行，好像语文程度就只看写作程度似的。阅读的基本训练不行，写作能力是不会提高的。常常有人要求出版社出版“怎样作文”之类的书，好像有了这类书，依据这类书指导作文，写作教学就好办了。实际上写作基于阅读。老师教得好，学生读得好，才写得好。这样，老师临时指导和批改作文既可以少辛苦些，学生又可以多得到些实益。

阅读课要讲得透。要讲得透，无非是把词句讲清楚，把全篇讲清楚，作者的思路是怎样发展的，感情是怎样表达的，诸如此类。有的老师热情有余，可是本钱不够，办法不多，对课文不能透彻理解，总希望求助于人，或是请一位高明的老师给讲讲，或是靠集体备课。这不是从根本上解决问题的办法。功夫还在自己。只靠从别人那里拿来，自己不下功夫或者少下功夫，是不行的。譬如文与道的问题，人家说文与道该是统一的，你也相信文与道该是统一的，但是讲课文，该怎样讲才能体现文道统一，还得自辟蹊径。如果词句不甚了解，课文内容不大清楚，那就谈不到什么文和道了。原则可以共研究商量，怎样适当地应用原则还是靠自己。根本之点还是透彻理解课文。所以靠拿来不行，要自己下功夫钻研。

我去年到外地，曾经在一些学校听语文课，有些老师话说得很多，把四十五分钟独占了。其实许多话是大可不讲的。譬如课文涉及农村人民公社，就把课文放在一旁，大讲农村人民公社的优越性。这个办法比较容易，也见得热情，但是不能说完成了语文课的任务。

在课堂里教语文，最终目的在达到“不需要教”，使学生养成这样一种能力，不待老师教，自己能阅读。学生将来经常要阅读，老师能经常跟在他们背后吗？因此，一边教，一边要逐渐为“不需要教”打基础。打基础的办法，也就是不要让学生只是被动地听讲，而要想方设法引导他们在听讲的时候自觉地动脑筋。老师独占四十五分钟固然不适应这个要求，讲说和发问的时候启发性不多，也不容易使学生自觉地动脑筋。怎样启发学生，使他们自觉地动脑筋，是老师备课极重要的项目。这个项目做到了，老师才真起了主导作用。

听见有些老师和家长说，现在学生了不起，一部《创业史》两天就看完了，颇有点儿沾沾自喜。我想，且慢鼓励，最要紧的是查一查读得怎么样，如果只是眼睛在书页上跑过，只知道故事的极简略的梗概，那不能不认为只是马马虎虎地读。马马虎虎地读是不值得鼓励的。一部《创业史》没读好，问题不算大。养成了马马虎虎的读书习惯，可要吃一辈子的亏。阅读必须认真，先求认真，次求迅速，这是极重要的基本训练。要在阅读课中训练好。

阅读习惯不良，一定会影响到表达，就是说，写作能力不容易提高。因此，必须好好教阅读课。譬如讲文章须有中心思想。学生听了，知道文章须有中心思想，但是他说："我作文就是抓不住中心思想。"如果教好阅读课，引导学生逐课逐课地体会，作者怎样用心思，怎样有条有理地表达出中心思想，他们就仿佛跟作者一块儿想过考虑过，到他们自己作文的时候，所谓熟门熟路，也比较容易抓住中心思想了。

总而言之，阅读是写作的基础。

作文出题是个问题。最近有一个学校拿来两篇作文让我看看，是初中三年级学生写的，题目是《伟大鲁迅的革命精神》。两篇里病句很多，问我该怎样教学生避免这些病句。我看，病句这么多，毛病主要出在题目上。初中学生读了鲁迅的几篇文章，就要他们写鲁迅的革命精神。他们写不出什么却要勉强写，病句就不一而足了。

有些老师说《难忘的一件事》《我的母亲》之类的题目都出过了，要找几个新鲜题目，搜索枯肠，难乎其难。我想，现在老师都是和学生经常在一起的，对学生了解得多，出题目该不会很困难。

有些老师喜欢大家挂在口头的那些好听的话，学生作文写上那些话，就给圈上红圈。学生摸准老师喜欢这一套，就几次三番地来这一套，常常得五分。分数是多了，可是实际上写作能力并没提高多少。特别严重的是习惯于这一套，往深处想和写出自己真情实意的途径就给挡住了。

老师改作文是够辛苦的。几十本，一本一本改，可是劳而少功。是不是可以改变方法呢？我看值得研究。要求本本精批细改，事实上是做不到的。与其事后辛劳，不如事前多作准备。平时不放松口头表达的训练，多注意指导阅读，钻到学生心里出题目，出了题目作一些必要的启发，诸如此类，都是事前准备。作了这些准备，改作文大概不会太费事了，而学生得到的实益可能多些。

动笔之前和完篇之后

我想，写东西总是准备给人家看的，除了日记和写在小本子上的各式各样的摘记。写东西登在报刊上，不用说，那一定是准备给人家看的了。

我想，既是准备给人家看，就得在动笔之前问问自己，想想人家。怎么问问自己呢？——我这要写的东西值得给人家看吗？我把这要写的东西想清楚了吗？我把先怎么写后怎么写安排好了吗？我这样安排能叫人家充分领会我的意思、不至于引起误会吗？就说这几点，不多说了。怎么想想人家呢？——看我的东西的是什么样的人？年纪多大？生活环境怎样？教育程度怎样？工作情况怎样？什么是他们需要知道的又是我能够给他们写的？就说这几点，不多说了。

我想，凡是跟别人相关的事，能够知己知彼总有好处，要不然难免做不好。而写东西给人家看正是跟别人相关的事。

我想，写儿童文学也是写东西给人家看，因而前边说的问问自己，想想人家，对于写儿童文学全都适用。问得清楚了，想得具体了，写成的东西总不至于差到哪儿，也许竟是成功之作。

前边说的是动笔之前，现在说完篇之后。完了篇就交出去吗？就寄到报社或是杂志社去吗？如果十拿九稳，确实知道我这篇东西写得不错，当然就交出去，让它早点儿跟读者见面。这就要仔细想一想，什么叫写得不错？我跟读者不碰头不见面。我写这篇东西，读者看这篇东西，光凭登在报刊上的这篇东西，我的心跟读者的心才碰头，才见面。这就可以回答什么叫写得不错的问题了。总得做到我写的正是我要告诉读者的，读者得到的正是我要写的，这才够得上说写得不错吧。假如这样，借用工业建设方面的话来说，叫作“一次成功”。但是，据多数人的经验，写东西一次成功的例子并不多。除非完了篇硬是不再看，你再看它一两遍，总会看出这样那样的毛病，对于向读者“交心”有些妨碍。这就不能马上交出去了，还得重新想想，仔细改改，或者请朋友看看，商量商量，直到自己或者朋友再找不出什么毛病了，然后交出去。认真的作者都是这样做的。

写成了东西自己改，或是别人给我提修改意见，是怎么一回事呢？无非以下这些事：没写正确的，把它改得正确。没写明白的，把它改得明白。多写的，把它去掉。少写的，把它补上。这样写见得语气不顺，就换一种语气。写上这个词儿见得不够贴切，就换一个词儿。诸如此类。这好像有点儿麻烦，但是只要想到我跟读者心连心就只靠写下来的这篇东西，自然不会嫌它麻烦了。何况什么事情只要养成了习惯，随它多麻烦也会变得稀松平常，并不麻烦。而完篇之后多看看，再改改，正是写东西准备给人家看的人非养成不可的习惯。那么，写儿童文学的人也要养成这种习惯。

我只就一般写东西说了些话，动笔之前怎样，完篇之后怎样，也来参加儿童文学笔谈会，感到很抱歉。我虽然曾经写过一些儿童文学，实在说不出什么经验之谈。没有经验就不勉强说，请同志们鉴谅我的老实。

我祝愿写稿的编辑的诸位同志思想解放，精神奋发，为繁荣儿童文学而共同努力。

生活是写作的好材料

……

写话 / 写作什么

诚实的自己的话 / 挑能写的题目写

作自己要作的题目 / 想清楚然后写

拿起笔来之前

写　话

“作文”，现在有的语文老师改称“写话”。话怎么说，文章就怎么写。

其实，三十年前，大家放弃文言改写白话文，目标就在写话。不过当时没有经过好好讨论，大家在实践上又没有多多注意，以致三十年过去了，还没有做到真正的写话。

写话是为了求浅近，求通俗吗？

如果说写话是为了求浅近，那就必须承认咱们说的话只能表达一些浅近的意思，而高深的意思得用另外一套语言来表达，例如文言。实际上随你怎样高深的意思都可以用话说出来，只要你想得清楚，说得明白。所以写话跟意思的浅近高深没有关系，好比写文言跟意思的浅近高深没有关系一个样。

至于通俗，那是当然的效果。你写的是大家说惯听惯的话，就读者的范围说，当然比较广。

那么写话是为什么呢?

写话是要用现代的活的语言写文章，不用古代的书面的语言写文章——是要用一套更好使的，更有效的语言。用现代的活的语言，只要会写字，能说就能写。写出来又最亲切。

写话是要写成的文章句句上口，在纸面上是一篇文章，照着念出来就是一番话。上口，这是个必要的条件。上不得口，还能算话吗?通篇上口的文章不但可以念，而且可以听，听起来跟看起来念起来一样的清楚明白，不发生误会。

有人说，话是话，文章是文章，难道一点距离也没有?距离是有的。话不免啰嗦，文章可要干净。话说错了只好重说，文章写错了可以修改。说话可以靠身势跟面部表情的帮助，文章可没有这种帮助。这些都是话跟文章的距离。假如有一个人，说话一向很精，又干净又不说错，也不用靠身势跟面部表情的帮助，单凭说话就能够通情达意，那么照他的话记下来就是文章，他的话跟文章没有距离。不如他的人呢，就有距离，写文章就得努力消除这种距离。可是距离消除之后，并不是写成另外一套语言，他的文章还是话，不过是比平常说的更精的话。

又有人说，什么语言都上得来口，只要你去念，辞赋体的语言像《离骚》，人工制造的语言像骈文，不是都念得来吗？这样问的人显然误会了。所谓上口，并不是说照文章逐字逐句念出来，是说念出来跟咱们平常说话没有什么差别，非常顺，叫听的人听起来没有什么障碍，好像听平常说话一样。这得就两项来检查，一项是语言的材料——语汇，一项是语言的组织形式——语法。这两项跟现代的活的语言一致，就上口，不然就不上口。我随便翻看一本小册子，看见这样的语句，是讲美国资产阶级自由主义者支配的几种刊物的："……在不重要的地方，大资产阶级让他们发点牢骚，点缀点‘民主’风光，在重要的地方，则用不登广告……的办法，使他们就范。"不说旁的，单说一个“则”，就不是现代语言的语汇，是上不得口，说不来的。就在那本小册子里，又看见这样的语句，是讲美国司法界的黑暗的："有好多人，未等到释放，便冤死狱中。"不说旁的，单说按照现代语言的组织形式，“冤死”跟“狱中”中间得加个“在”，说成“冤死狱中”是文言的组织形式，不是现代语言的组织形式，是上不得口，说不来的。

或许有人想，这样说未免太机械了，语言是发展的，在现代的语言里来个“则”，来个“冤死狱中”，只要大家通用，约定俗成，正是语言的发展。我想所谓语言的发展并不是这样的意思。实际生活里有那样一种需要，可是现代的语言里没有那样一种说法，只好向古代的语言讨救兵，这就来了个“咱们得好好酝酿一下”，来了个“以某某为首”。“酝酿”本来是个古代语言里的语汇，“以……为……”本来是文言的组织形式，现在参加到现代的语言里来了，说起来也顺，听起来也清：这是一种发展情形（还有别种发展情形，这儿不多说）。“则”跟“冤死狱中”可不能够同这个相提并论。现在在文章里用“则”的人很多，但是说话谁也不说“则”，可见这个“则”上不得口，又可见非“则”不可的情形是没有的。“冤死狱中”如果可以承认它是现代的语言的组织形式，那么咱们也得承认“养病医院里”“被压迫帝国主义势力之下”是现代的语言的组织形式，但是谁也知道“养病”跟“被压迫”底下非加个“在”不可，不然就不成话。

还可以从另外一方面想。既然“则”可以用，那么该说“了”的地方不是也可以写成“矣”吗？该说“所以”的地方不是也可以写成“是故”吗？诸如此类，不用现代语言的语汇也可以写话了。既然“冤死狱中”可以用，那么该说“没有知道这回事”的地方不是也可以写成“未之知”吗？该说“难道是这样吗”的地方不是也可以写成“岂其然乎”吗？诸如此类，不照现代语言的组织形式也可以写话了。如果这样漫无限制，咱们就会发现自己回到三十年以前去了，咱们写的原来是文言。所以限制是不能没有的，哪一些是现代语言的词汇跟组织形式，哪一些不是，是不能不辨的。不然，写成的文章上不得口，不像现代的语言，那是当然的事。咱们看《镜花缘》，看到淑士国里那些人物的对话觉得滑稽，忍不住要笑，就因为他们硬把上不得口的语言当话说。咱们既然要写话，不该竭力避免做淑士国的人物吗？

不愿意做淑士国的人物，最有效的办法是养成好的语言习惯。语言习惯好，写起文章来也错不到哪儿去，只要你不做作，不把写文章看成稀奇古怪的另外一套。

把写成的文章念一遍是个好办法，可以检查是不是通篇上口。不要把它当文章念，要把它当话说，看说下去有没有不上口的地方，有没有违反现代语言规律的地方，如果它不是写在纸面的文章，是你口头说的话，是不是也那样说。

还可以换个立场，站在听话的人的立场，你自己听听，那样一番话是不是句句听得清，是不是没有一点儿障碍，是不是不发生看了淑士国里那些人物的对话那样的感觉。

还有个检查的办法。你不妨想一想，你那篇文章如果不用汉字写，用拼音文字写，成不成。有人说，咱们还在用汉字，还没有用拼音文字，所以做不到真正的写话。这个话也有道理。但是，为了检查写话，就把汉字当拼音文字用，也不见得不可以。一个语词有一个或者几个音，尽可以按着音写上适当的汉字。这样把汉字当拼音文字用，你对语言的看法就完全不同了，你会发觉有些话绝对不应该那样说，有些话只能够写在纸面，不能够放到口里。经过这样检查，再加上修正，距离真正的写话就不远了。

写作什么

国文科牵涉的事项很多，这儿只讲一点关于写作的话。分两次讲，这一次的题目是“写作什么”，下一次的题目是“怎样写作”。我的话对于诸位不会有直接的帮助，我只希望能有间接的帮助。就是说，诸位听了我的话，把应该留心的留心起来，把应该避忌的随时避忌，什么方面应该用力就多多用力，什么方面不必措意就不去白费心思。这样经过相当的时候，写作能力自然渐渐增进了。

诸位现在写作，大概有以下的几个方面：国文教师按期出题目，教诸位练习，就要写作了；听了各门功课，有的时候要作笔记，做了各种试验，有的时候要作报告，就要写作了；游历一处地方，想把所见所闻以及感想记下来，离开了家属和亲友，想把最近的生活情形告诉他们，就要写作了；

有的时候有种种观感凝结成一种意境，觉得要把这种意境化为文字，心里才畅快，也就要写作了。

以上几方面的写作材料都是诸位生活里原有的，不是从生活以外去勉强找来的。换句话说，这些写作材料都是自己的经验。我们平时说话，从极简单的日常用语到极繁复的对于一些事情的推断和评论，都无非根据自己的经验。因为根据经验，说起来就头头是道，没有废话，没有瞎七搭八的无聊话。如果超出了经验范围，却去空口说白话，没有一点天文学的知识，偏要讲星辰怎样运行，没有一点国际政治经济的学问，偏要推断意阿战争、海军会议的将来，一定说得牛头不对马嘴，徒然供人家作为嗤笑的资料。一个人如有自知之明，总不肯做这样的傻事，超出了自己的经验范围去瞎说。他一定知道自己有多少经验，什么方面他可以说话，什么方面他不配开口。在不配开口的场合就不开口，这并不是难为情的事，而正是一种诚实的美德。经验范围像波纹一样，越来越扩大。待扩大到相当的时候，本来不配开口的配开口了，那才开口，也并不嫌迟。作文原是说话的延续，用来济说话之穷，在说话所及不到的场合，就作文。因此作文自然应该单把经验范围以内的事物作为材料，不可把经验范围以外的事物勉强拉到笔底下来。照诸位现在写作的几个方面看，所有材料都是自己的经验，这正是非常顺适的事。顺着这个方向走去，是一条写作的平坦大路。

这层意思好像很平常，其实很重要。因为写作的态度就从这上边立定下来。知道写作原是说话的延续，写作材料应该以自己的经验为范围，这就把写作看作极寻常可是极严正的事。人人要写作，正同人人要说话一样，岂不是极寻常？不能超出自己的经验，不能随意乱道，岂不是极严正？这种态度是正常的，抱着这种态度的人，写作对于他是一种有用的技能。另外还有一种态度，把写作看作极特殊可是极随便的事。拿从前书塾里的情形来看，更可以明白。从前书塾里，学生并不个个作文。将来预备学工业、商业的，读了几年书认识一些字也就算了，只有预备应科举的几个才在相当的时候开始作文。开始作文称为“开笔”，那是一件了不得的事，开了笔的学生对先生要加送束脩，家长对人家说“我的孩子开笔了”，往往露出得意的笑容。这为什么呢？因为作了文可以应科举，将来的飞黄腾达都种因在这上边，所以大家都认为是一件极特殊的事，这特殊的事并且是属于少数人的。再看开了笔作些什么呢？不是《温故而知新说》就是《汉高祖论》之类。新呀故呀翻来覆去缠一阵就算完了篇；随便抓住汉高祖的一件事情，把他恭维一顿，或者唾骂一顿，也就算完了篇。这些材料大部分不是自己的经验，无非仿效别人的腔调，堆砌一些毫不相干的意思，说得坏一点儿，简直是鹦鹉学舌，文字游戏。从这条路径发展下去，这就来了专门拼凑典故的文章，无病呻吟的诗词。自己的经验是这样，写出来却并不这样，或许竟是相反的那样。写作同实际生活脱离了关系，只成为装点生活的东西，又何贵乎有这种写作的技能呢？所以说，这种态度是极随便的。到现在，科举虽然废掉了，作文虽然从小学初年级就要开始，可是大家对于写作的态度还没有完全脱去从前的那种弊病。现在个个学生要作文，固然不再是少数人的特殊的事，但是往往听见学生说“我没有意思，没有材料，拿起笔简直写不出什么来”，或者说“今天又要作文了，真是讨厌！”这些话表示一种误解，以为作文是学校生活中的特殊的事，而且须离开自己的经验去想意思，去找材料，自己原有的经验好像不配作为意思、不配充当材料似的。再从这里推想开去，又似乎所谓意思、所谓材料是一种说来很好听、写来很漂亮，但不和实际生活发生联系的花言巧语。这种花言巧语必须费很大的力气去搜寻，像猎犬去搜寻潜伏在山林中的野兽。搜寻未必就能得到，所以拿起笔写不出什么来，许多次老写不出什么来，就觉得作文真是一件讨厌的事。进一步说，抱着这样的态度作文，即使能够写出什么来，也不是值得欢慰的事。因为作文决不是把一些很好听、很漂亮的花言巧语写在纸上就算完事的，必须根据经验，从实际生活里流注出来，那才合乎所以要作文的本意。离开了自己的经验而去故意搜寻，虽然搜寻的工夫也许很麻烦，但是不能不说他把作文看得太随便了。把作文看得特殊又看得随便的态度，使作文成为一种于人生无用的技能。这种态度非改变不可。诸位不妨自己想想：我把作文认作学校生活中的特殊的事吗？我离开了自己的经验故意去搜寻虚浮的材料吗？如果不曾，那就再好没有。如果确曾这样，而且至今还是这样，那就请立刻改变过来，改变为正当的态度，就是把作文看得寻常又看得严正的态度。抱着正当的态度的人决不会说没有意思、没有材料，因为他决不会没有经验，经验就是他的意思和材料。他又决不会说作文真是讨厌的事，因为作文是他生活中的一个项目，好比说话和吃饭各是生活中的一个项目，无论何人决不会说说话和吃饭真是讨厌。

以上说了许多话，无非说明写作材料应以自己的经验为范围。诸位现在写作的几个方面原都不出这个范围，只要抱正当的态度，动一回笔自然得到一回实益。诸位或者要问："教师命题作文，恐怕不属于我们的经验范围以内吧。"我可以这样回答，凡是贤明的国文教师，他出的题目应当不超出学生的经验范围，他应当站在学生的立脚点上替学生设想，什么材料是学生经验范围内的，是学生所能写的、所要写的，经过选择才定下题目来。这样，学生同写一封信、作一篇游记一样，仍然是为着发表自己的经验而写作，同时又得到了练习的益处。我知道现在的国文教师贤明的很多，他们根据实际的经验和平时的研究，断不肯出一些离奇的题目，离开学生的经验十万八千里，叫学生搔头摸耳，叹息说没有意思、没有材料的。自然，也难免有一些教师受习惯和环境的影响，出的题目不很适合学生的胃口，我见过的《学而时习之论》就是一个例子。我若是学生，就不明白这个题目应该怎样地论。学而时习之，照常识讲，是不错的。除了说这个话不错以外，还有什么可说呢？这种题目，从前书塾里是常出的，现在升学考试和会考也间或有类似的题目。那位教师出这个题目，大概就由于这两种影响。诸位如果遇见了那样的教师，只得诚诚恳恳地请求他，说现在学会作这样的题目，只有逢到考试也许有点儿用处，在实际生活中简直没有需要作这样题目的时候。即使您先生认为预备考试的偶尔有用也属必要，可否让我们少作几回这样的题目，多作几回发表自己经验的文章？这样的话很有道理，并不是什么非分的请求。有道理的话，谁不愿意听？我想诸位的教师一定会依从你们的。

再说经验有深切和浅薄的不同，有正确和错误的不同。譬如我们走一条街道，约略知道这条街道上有二三十家店铺，这不能不算是经验。但是我们如果仔细考察，知道这二三十家店铺属于哪一些部门，哪一家的资本最雄厚，哪一家的营业最发达，这样的经验比前面的经验深切多了。又譬如我们小时候看见月食，老祖母就告诉我们，这是野月亮要吞家月亮，若不敲锣打鼓来救，家月亮真个要被吃掉的。我们听了记在心里，这也是我们的经验，然而是错误的。后来我们学了地理，懂得星球运行的大概，才知道并没有什么野月亮，更没有吞食家月亮这回事，那遮没了月亮的原来是地球的影子。这才是正确的经验。这不过是两个例子，此外可以类推。我们写作，正同说话一样，总希望写出一些深切的正确的经验，不愿意涂满一张纸的全是一些浅薄的错误的经验。不然，就是把写作看得太不严正，和我们所抱的态度违背了。

单是写出自己的经验还嫌不够，要更进一步给经验加一番洗炼的工夫，才真正做到下笔绝不随便，合乎正当的写作态度。不过这就不只是写作方面的事了，而且也不止是国文科和各学科的事，而是我们整个生活里的事。我们每天上课、看书、劳作、游戏，随时随地都在取得经验，而且使经验越来越深切，越来越正确。这并不是为作文才这样做，我们要做一个有用的人，要做一个健全的公民，就不得不这样做。这样做同时给写作开了个活的泉源，从这个泉源去汲取，总可以得到澄清的水。所怕的是上课不肯好好地用功，看书没有选择又没有方法，劳作和游戏也只是随随便便，不用全副精神对付，只图敷衍过去就算，这样，经验就很难达到深切和正确的境界。这样的人做任何事都难做好，当然不能称为有用，当然够不上叫作健全的公民。同时他的写作的泉源干涸了，勉强要去汲取，汲起来的也是一盏半盏混着泥的脏水。写作材料的来源普遍于整个生活里，整个生活时时在那里向上发展，写作材料自会滔滔汩汩地无穷尽地流注出来，而且常是澄清的。有些人不明白这个道理，以为写作只要伏在桌子上拿起笔来硬干就会得到进步，不顾到经验的积累和洗练，他们没想到写作原是和经验纠结而不可分的。这样硬干的结果也许会偶尔写成一些海市蜃楼那样很好看的文字，但是这不过一种毫无实用的玩意儿，在实际生活里好比赘瘤。这种技术是毫无实用的技术。希望诸位记着写作材料的来源普遍于整个的生活，写作固然要伏在桌子上，写作材料却不能够单单从伏在桌子上取得。离开了写作的桌子，上课、看书、劳作、游戏，刻刻认真，处处努力，一方面是本来应该这么做，另一方面也就开凿了写作材料的泉源。

现在来一个结束。写作什么呢？要写出自己的经验。经验又必须深切，必须正确，这要从整个生活里去下功夫。有了深切的正确的经验，写作就不愁没有很好的材料了。

诚实的自己的话

我们试问自己，最爱说的是哪一类的话？这可以立刻回答，我们爱说必要说的与欢喜说的话。语言的发生本是为着要在人群中表白自我，或者要鸣出内心的感兴。顺着这两个倾向的，自然会不容自遏地高兴地说。如果既不是表白，又无关感兴，那就不必鼓动唇舌了。

作文与说话本是同一目的，只是所用的工具不同而已。所以在说话的经验里可以得到作文的启示。倘若没有什么想要表白，没有什么发生感兴，就不感到必要与欢喜，就不用写什么文字。一定要有所写才写。若不是为着必要与欢喜，而勉强去写，这就是一种无聊又无益的事。

勉强写作的事确然是有的，这或者由于作者的不自觉，或者由于别有利用的心思，并不根据所以要写作的心理的要求。有的人多读了几篇别人的文字，受别人的影响，似乎觉得颇欲有所写了；但是写下来的与别人的文字没有两样。有的人存着利用的心思，一定要写作一些文字，才得达某种目的；可是自己没有什么可写，不得不去采取人家的资料。像这样无意的与有意的勉强写作，犯了一个相同的弊病，就是模仿。这样说，无意而模仿的人固然要出来申辩，说他所写的确然出于必要与欢喜；而有意模仿的人或许也要不承认自己的模仿。但是，有一个尺度在这里，用它一衡量，模仿与否将不辩而自明，这个尺度就是："这文字里的表白与感兴是否确实是作者自己的？"拿这个尺度衡量，就可见前者与后者都只是复制了人家现成的东西，作者自己并不曾拿出什么来。不曾拿出什么来，模仿的讥评当然不能免了。至此，无意而模仿的人就会爽然自失，感到这必要并非真的必要，欢喜其实无可欢喜，又何必定要写作呢？而有意模仿的人想到写作的本意，为葆爱这种工具起见，也将遏抑利用的心思。直到确实有了自己的表白与感兴才动手去写。

像那些著述的文字，是作者潜心研修，竭尽毕生精力，获得了一种见解，创成了一种艺术，然后写下来的，写的自然是自己的东西。但是人间的思想、情感往往不甚相悬；现在定要写出自己的东西，似乎他人既已说过的，就得避去不说，而要去找人家没有说过的来说。这样，在一般人岂不是可说的话很少了么？其实写出自己的东西并不是这个意思；按诸实际，也决不能像这个样子。我们说话、作文，无非使用那些通用的言词；至于原料，也免不了古人与今人曾经这样那样运用过了的，虽然不能说决没有创新，而也不会全部是创新。但是，我们要说这席话，写这篇文，自有我们的内面的根源，并不是完全被动地受了别人的影响，也不是想利用来达到某种不好的目的。这内面的根源就与著述家所获得的见解、所创成的艺术有同等的价值。它是独立的；即使表达出来恰巧与别人的雷同，或且有意地采用了别人的东西，都不应受到模仿的讥评；因为它自有独立性，正如两人面貌相似、性情相似，无碍彼此的独立，或如生物吸收了种种东西营养自己，却无碍自己的独立。所以我们只须自问有没有话要说，不用问这话是不是人家说过。果真确有要说的话，用以作文，就是写出自己的东西了。

更进一步说，人间的思想、情感诚然不甚相悬，但也决不会全然一致。先天的遗传，后天的教育，师友的熏染，时代的影响，都是酿成大同中的小异的原因。原因这么繁复，又是参伍错综地来的，这就形成了各人小异的思想、情感。那么，所写的东西只要是自己的，实在很难得遇到与人家雷同的情形。试看许多文家一样地吟咏风月，描绘山水，会有不相雷同而各极其妙的文字，就是很显明的例了。原来他们不去依傍别的，只把自己的心去对着风月山水；他们又绝对不肯勉强，必须有所写才写；主观的情思与客观的景物糅合，组织的方式千变万殊，自然每有所作都成独创了。虽然他们所用的大部分也只是通用的言词，也只是古今人这样那样运用过了的，而这些文字的生命是由作者给与的，终竟是唯一的独创的东西。

讨究到这里，可以知道写出自己的东西是什么意义了。

既然要写出自己的东西，就会连带地要求所写的必须是美好的：假若有所表白，这当是有关于人间事情的，则必须合于事理的真际，切乎生活的实况；假若有所感兴，这当是不倾吐不舒快的，则必须本于内心的郁积，发乎情性的自然。这种要求可以称为“求诚”。试想假如只知写出自己的东西而不知求诚，将会有什么事情发生？那时候，臆断的表白与浮浅的感兴，因为无由检验，也将杂出于笔下而不自觉知。如其终于不觉知，徒然多了这番写作，得不到一点效果，已是很可怜悯的。如其随后觉知了，更将引起深深的悔恨，以为背于事理的见解怎能够表白于人间，贻人以谬误，浮荡无着的偶感怎值得表现为定形，耗己之劳思呢？人不愿陷于可怜的境地，也不愿事后有什么悔恨，所以对于自己所写的文字，总希望确是美好的。

虚伪、浮夸、玩戏，都是与诚字正相反对的。在有些人的文字里，却犯着虚伪、浮夸、玩戏的弊病。这个原因同前面所说的一样，有无意的，也有有意的。譬如论事，为才力所限，自以为竭尽智能，还是得不到真际。就此写下来，便成为虚伪或浮夸了。又譬如抒情，为素养所拘，自以为很有价值，但其实近于恶趣。就此写下来，便成为玩戏了。这所谓无意的，都因有所蒙蔽，遂犯了这些弊病。至于所谓有意的，当然也如上文所说的那样怀着利用的心思，借以达某种的目的。或者故意颠倒是非，希望淆惑人家的听闻，便趋于虚伪；或者谀墓、献寿，必须彰善颂美，便涉于浮夸；或者作书牟利，迎合人们的弱点，便流于玩戏。无论无意或有意犯着这些弊病，都是学行上的缺失，生活上的污点。假如他们能想一想是谁作文，作文应当是怎样的，便将汗流被面，无地自容，不愿再担负这种缺失与污点了。

我们从正面与反面看，便可知作文上的求诚实含着以下的意思：从原料讲，要是真实的、深厚的，不说那些不可征验、浮游无着的话；从写作讲，要是诚恳的、严肃的，不取那些油滑、轻薄、卑鄙的态度。

我们作文，要写出诚实的、自己的话。

挑能写的题目写

前一回我说值得写的题目很多，要挑了解得比较确切的，感受得比较深刻的来写。为什么这样说呢？

某个题目值得写是一回事，那个题目我能不能写又是一回事。譬如，创制新农具改良旧农具的事，目前正是风起云涌，这当然是个值得写的题目。我能不能写呢？那要看我了解得怎样。如果我了解一两种农具创制或改良的实际情形，或者了解创制或改良的一般倾向和所得效益，就能写。如果都不甚了了，就不能写。又如，参加修建十三陵水库的义务劳动，这当然是个值得写的题目。我能不能写呢？那要看我感受得怎样。如果我从集体劳动中确有体会，或者从工地上的某个场面受到深切的感动，就能写。如果没有什么体会，也并不怎样感动，就不能写。

总之，不但要挑值得写的题目，还要问那个题目自己能不能写。题目既然值得写，自己又能写，写起来就错不到哪儿去。辨别能不能写，只要问自己对那个题目是否了解得比较确切，感受得比较深刻。

了解和感受还没到能写的程度，只为题目值得写就写，这样的事也往往有。有时候一动手立刻碰到困难，一支笔好像干枯的泉源，渗不出一滴水来。还是用前边举过的例子来说。譬如写创制农具或改良农具的事，那农具的构造怎样，原理怎样，效用怎样，全都似懂非懂，不大清楚，那怎能写下去呢？又如写参加修建十三陵水库的事，除了“热烈”“伟大”“紧张”之类的形容词再没有什么感受可说的，专用一些形容词怎能成篇呢？存心要写这两个题目，当然有办法：暂且把笔放下，再去考察农具的创制或改良的实际情形，再去十三陵好好儿劳动几天。“再去”之后，有了了解和感受，自然就能写了。

题目虽然值得写，作者了解得不怎么确切，感受得不怎么深刻，就没法写。没法写而硬要写，那不是练习写东西的好办法，得不到练习的好处。咱们要养成这么一种习惯，非了解得比较确切不写，非感受得比较深刻不写，这才练习一回有一回的长进。（这儿用“练习”这个词，不要以为小看了咱们自己。咱们要学生练习作文，咱们自己每一回动笔，其实也是练习的性质。谁敢说自己写东西已经达到神乎其技的地步，从整个内容到一词一句全都无懈可击呢？）

写东西总是准备给人家读的，所以非为读者着想不可。读者乐意读的正是咱们的了解和感受。道理很简单，他们读了咱们所写的东西，了解了咱们所了解的，感受了咱们所感受的，思想感情起了交流作用，经验范围从而扩大了，哪有不乐意的？咱们不妨站在读者的地位问一问自己：如果自己是读者，对自己正要写的那篇东西是不是乐意读？读了是不是有一些好处？如果是的，写起来更可以保证错不到哪儿去。

作自己要作的题目

一篇文，一首诗，一支歌曲，总得有个题目。从作者方面说，有了题目，可以表示自己所写的中心。从读者方面说，看了题目，可以预知作品所含的内容。题目的必要就在乎此。从前有截取篇首的几个字作题目的，第二句是“学而时习之”，就称这一篇为《学而》；有些人作诗，意境惝恍迷离，自己也不知道该题作什么，于是就用“无题”两字题在前头：这些是特殊的例子，论到作用，只在便于称说，同其他的篇章有所区别，其实用甲、乙、丙、丁来替代也未尝不可，所以这样办的向来就不多。

题目先文章而有呢，还是先有了文章才有题目？这很容易回答。可是问题不应该这样提。我们胸中有了这么一段意思，一种情感，要保留下来，让别人知道，或者备自己日后复按，这时候才动手写文章。在写下第一个字之前，我们意识着那意思那情感的全部。在意思的全部里必然有论断或主张之类，在情感的全部里至少有一个集注点：这些统称为中心。把这些中心写成简约的文字，不就是题目么？作者动手写作，总希望收最大限的效果。如果标明白中心所在，那是更能增加所以要写作的效果的（尤其是就让别人知道这一点说）。所以作者在努力写作之外，不惮斟酌尽善，把中心写成个适切的题目。这工夫该在文章未成之前做呢，还是在已成之后做？回答是在前在后都一样，因为中心总是这么一个。那么，问题目先文章而有还是文章先题目而有，岂不是毫无意义？我们可以坚定地说，是先有了意思情感才有题目。

胸中不先有意思情感，单有一个题目，而要动手写文章，我们有这样的时机么？没有的。既没有意思情感，写作的动机便无从发生。题目生根于意思情感，没有根，那悬空无着的题目从何而来呢？

但是，我们中学生确有单有一个题目而也要动手写文章的时机。国文教师出了题目叫我们作文，这时候，最先闯进胸中的是题目，意思情感之类无论如何总要迟来这么一步。这显然违反了一篇文章产生的自然程序。若因为这样就不愿作文，那又只有贻误自己。作文也同诸般技术一样，要达到运用自如的境界，必须经过充分的练习。教师出题目，原是要我们练习，现在却说不愿练习，岂非同自己为难？所以我们得退一步，希望教师能够了解学生的生活，能够设身处地地想象学生内部的意思和情感，然后选定学生能够作的愿意作的题目给学生作。如果这样，教师出题目就等于唤起学生作文的动机，也即是代学生标示了意思情感的中心，而意思情感原是学生先前固有的。从形迹讲，诚然题目先有；按求实际，却并没违反一篇文章产生的自然程序。贤明的教师选题目，一定能够这样做。

我们还要说的是作文这件事情既须练习，单靠教师出了题目才动笔，就未免回数太少，不能收充分的效果。现在通行的不是两星期作一回文么？一学年在学四十星期，只作得二十篇文章。还有呢，自己有了意思情感便能动手写出来，这是生活上必要的习惯，迟至中学时代须得养成。假若专等教师出了题目才动手，纵使教师如何贤明，所出题目如何适切，结果总不免本末倒置，会觉得作文的事情单为应付教师的练习功课，而与自己的意思情感是没有关涉的。到这样觉得的时候，这人身上便已负着人生的缺陷，缺陷的深度比哑巴不能开口还要厉害。

要练习的回数多，不用说，还须课外作文。要养成抒写意思情感的习惯，那只须反问自己，内部有什么样的意思情感，便作什么样的文。两句话的意思合拢来，就是说除了教师出的题目以外，自己还要作文，作自己要作的题目。

自己要作的题目似乎不多吧？不，决不。一个中学生，自己要作的题目实在很多。上堂听功课，随时有新的意想，新的发现，是题目。下了课，去运动，去游戏，谁的技术怎样，什么事情的兴趣怎样，是题目。读名人的传记，受了感动，看有味的小说，起了想象，是题目。自然科学的实验和观察，如种树，如养鸡，如窥显微镜，如测候风、雨、寒、温，都是非常有趣的题目。校内的集会，如学生会、交谊会、运动会、演说会，校外的考查，如风俗、人情、工商状况、交通组织，也都是大可写作的题目。这些岂是说得尽的？总之，你只要随时反省，就觉得自己胸中决不是空空洞洞的；随时有一些意思情感在里头流衍着，而且起种种波澜。你如果不去把捉住这些，一会儿就像烟云一样消散了，再没痕迹。你如果仗一支笔把这些保留下来，所成文字虽未必便是不朽之作，但因为是你自己所想的所感的，在你个人的生活史上实有很多的价值。同时，你便增多了练习作文的回数。

一个教师会出这样一个题目，《昨天的日记》。这题目并没不妥，昨天是大家度过了的。一天里总有所历、所闻、所思、所感，随便取一端两端写出来就得了。但是，一个学生在他的练习簿上写道："昨日晨起夜眠，进三餐，上五课，皆如前日，他无可记。"教师看了没有别的可说，只说："你算是写了一条日记的公式！"这个学生难道真个无可记么？哪有的事。他不是不曾反省，便是从什么地方传染了懒惰习惯，不高兴动笔罢了。一个中学生一天的日记，哪会没有可写的呢？

就教师出的题目作文，虽教师并不说明定须作多少字，而作者自己往往立一个约束，至少要作成数百字的一篇才行，否则似乎不像个样儿。这是很无谓的。文篇的长短全视内容的多少，内容多，数千字尽写，内容少，几十字也无妨；或长或短，同样可以成很好的文章。不问内容多少，却先自规定至少要作多少字，这算什么呢？存着这样无谓的心思，会错过许多自己习作的机会。遇到一些片段的意想或感兴时，就觉这是不能写成像模样的一篇的，于是轻轻放过。这不但可惜，并且昧于所以要作文的意义了。

作文不该看作一件特殊的事情，犹如说话，本来不是一件特殊的事情。作文又不该看作一件呆板的事情，犹如泉流，或长或短，或曲或直，自然各异其致。我们要把生活与作文结合起来，多多练习，作自己要作的题目。久而久之，将会觉得作文是生活的一部分，是一种发展，是一种享受，而无所谓练习：这就与文章产生的自然程序完全一致了。

想清楚然后写

想清楚然后写，这是个好习惯。养成了这个好习惯，写出东西来，人家能充分了解我的意思，自己也满意。

谁都可以问一问自己，平时写东西是不是想清楚然后写的？要是回答说不，那么写不好东西的原因之一就在这里了（当然还有种种原因）。往后就得自己努力，养成这个好习惯。

不想就写，那是没有的事。没想清楚就写，却是常有的事。自以为想清楚了，其实没想清楚，也是常有的事。

没想清楚也能写，那时候情形怎么样呢？边写边想，边想边写。这样地想，本该是动笔以前的事，现在却就拿来写在纸上了。假如动笔以前这样地想，还得有所增删，有所调整，然后动笔，现在却已经成篇了。

这样写下来的东西，假如把它看作草稿，再加上增删和调整的工夫才算数，也未尝不可。事实上确也有些人肯把草稿看过一两遍，多少改动几处的。但是有两点很难避免。既然写下来了，这就是已成之局，而一般心理往往迁就已成之局，懒得作太大的改动，因此，专靠事后改动，很可能不及事先通盘考虑的好，这是一点。东西写成了，需要紧迫，得立刻拿出去，连稍微改动一下也等不及，这是又一点。有这两点，东西虽然写成，可是自己看看也不满意，至于能不能叫人家充分了解我的意思，那就更难说了。

这样说来，自然应该事先通盘考虑，就是说，应该想清楚然后写。

什么叫想清楚呢？为什么要写，该怎样写，哪些必要写，哪些用不着写，哪些写在前，哪些写在后，是不是还有什么缺漏，从读者方面着想是不是够明白了……诸如此类的问题都有了确切的解答，这才叫想清楚。

要写东西，诸如此类的问题都是非解答不可的。与其在写下草稿之后解答，不如在动笔以前解答。“凡事预则立”，不是吗？

想清楚其实并不难，只要抓住关键，那就是为什么要写。如果写信，为什么要写这封信？如果写报告，为什么要写这篇报告？如果写总结，为什么要写这篇总结？此外可以类推。

如果不为什么，干脆不用写。既然有写的必要，就不会不知道为什么。这个为什么好比是个根，抓住这个根想开来，不以有点儿朦胧的印象为满足，前边提到的那些问题都可以得到解答。这样地想，是思想方法上的过程，也是写作方法上的过程。写作方法跟思想方法原来是二而一的。

怕的是以有点儿朦胧的印象为满足。前边说的自以为想清楚了，其实没有想清楚，就指这种情形。

教学生练习作文，要他们先写提纲，就是要他们想清楚后写，不要随便一想就算，以有点儿朦胧的印象为满足。先写提纲的习惯养成了，一辈子受用不尽，而且受用不仅在写作方面。我们自己写东西，当然也要先想清楚，写下提纲，然后按照提纲顺次地写。提纲即使不写在纸上，也得先写在心头，那就是所谓腹稿。叫腹稿，岂不是已经成篇，不再是什么提纲了吗？不错，详细的提纲就跟成篇的东西相差不远。提纲越详细，也就是想得越清楚，写成整篇越容易，只要把扼要的一句化为充畅的几句，在需要接榫的地方适当地接上榫头就是了。

这样写下来的东西，还不能说保证可靠，得仔细看几遍，加上斟酌推敲的工夫。但是，由于已成之局的“局”基础好，大体上总不会错到哪里去。如果需要改动，也是把它改得更好些，更妥当些，而不是原稿简直要不得。

这样写下来的东西，基本上达到了要写这篇东西的目的，作者自己总不会感到太不满意。人家看了这样写下来的东西，也会了解得一清二楚，不发生误会，不觉得含糊。

想清楚然后写，朋友们如果没有这个习惯，不妨试一试，看效果怎样。

拿起笔来之前

写文章这件事，可以说难，也可以说不难。并不是游移不决说两面话，实情是这样。

难不难决定在动笔以前的准备功夫怎么样。准备功夫够了，要写就写，自然合拍，无所谓难。准备功夫一点儿也没有，或者有一点儿，可是太不到家了，拿起笔来样样都得从头做起，那当然很难了。

现在就说说准备功夫。

在实际生活里养成精密观察跟仔细认识的习惯，是一种准备功夫。不为写文章，这样的习惯本来也得养成。如果养成了，对于写文章太有用处了。你想，咱们常常写些记叙文章，讲到某些东西，叙述某些事情，不是全都依靠观察跟认识吗？人家说咱们的记叙文章写得好，又正确又周到。推究到根柢，不是因为观察跟认识好才写得好吗？

在实际生活里养成推理下判断都有条有理的习惯，又是一种准备功夫。不为写文章，这样的习惯本来也得养成。如果养成了，对于写文章太有用处了。你想，咱们常常写些论说文章，阐明某些道理，表示某些主张，不是全都依靠推理下判断吗？人家说咱们的论说文章写得好，好像一张算草，一个式子一个式子等下去，不由人不信服。推究到根柢，不是因为推理下判断好才写得好吗？

推广开来说，所有社会实践全都是写文章的准备功夫。为了写文章才有种种的社会实践，那当然是不通的说法。可是，没有社会实践，有什么可以写的呢？

还有一种准备功夫必得说一说，就是养成正确的语言习惯。语言本来应该求正确，并非为了写文章才求正确，不为写文章就可以不正确。而语言跟文章的关系又是非常密切的，即使说成“二而一”，大概也不算夸张。语言是有声无形的文章，文章是有形无声的语言：这样的看法不是大家可以同意吗？既然是这样，语言习惯正确了，写出来的文章必然错不到哪儿去；语言习惯不良，就凭那样的习惯来写文章，文章必然好不了。

什么叫作正确的语言习惯？可以这样说：说出来的正是想要说的，不走样，不违背语言的规律。做到这个地步，语言习惯就差不离了。所谓不走样，就是语言刚好跟心思一致。想心思本来非凭借语言不可，心思想停当了，同时语言也说妥当了，这就是一致。所谓不违背语言的规律，就是一切按照约定俗成的办。语言好比通货，通货不能各人发各人的，必须是大家公认的通货才有价值。以上这两层意思虽然分开说，实际上可是一贯的。想心思凭借的语言必然是约定俗成的语言，决不能是“只此一家”的语言。把心思说出来，必得用约定俗成的语言才能叫人家明白。就怕在学习语言的时候不大认真，自以为这样说合上了约定俗成的说法，不知道必须说成那样才合得上；往后又不加检查，一直误下去，得不到纠正。在这种情形之下，语言不一定跟心思一致了；还不免多少违背了语言的规律。这就叫作语言习惯不良。

从上一段话里，可以知道语言的规律不是什么深奥奇妙的东西；原来就是约定俗成的那些个说法，人人熟习，天天应用。一般人并不把什么语言的规律放在心上，他们只是随时运用语言，说出去人家听得明白，依据语言写文章，拿出去人家看得明白。所谓语言的规律，他们不知不觉地熟习了。不过，不知不觉的熟习不能保证一定可靠，有时候难免出错误。必须知其然又知其所以然，把握住规律，才可以巩固那些可靠的，纠正那些错误的，永远保持正确的语言习惯。学生要学语言规律的功课，不上学的人最好也学一点，就是这个道理。

现在来说说学一点语言的规律。不妨说得随便些，就说该怎样在这上头注点儿意吧。该注点儿意的有两个方面，一是语汇，二是语法。

人、手、吃、喝、轻、重、快、慢、虽然、但是、这样、那样……全都是语汇。语汇，在心里是意念的单位，在语言里是构成语句的单位。对于语汇，最要紧的自然是了解它的意义。一个语汇的意义，孤立地了解不如从运用那个语汇的许多例句中去了解来得明确。如果能取近似的语汇来做比较就更好。譬如“观察”跟“视察”，“效法”跟“效尤”，意义好像差不多；收集许多例句在手边（不一定要记录在纸上，想一想平时自己怎样说的，人家怎样说的，书上怎样写的，也是收集），分别归拢来看，那就不但了解每一个语汇的意义，连各个语汇运用的限度也清楚了。其次，应该清楚地了解两个语汇彼此能不能关联。这当然得就意义上看。由于意义的限制，某些语汇可以跟某些语汇关联，可是决不能跟另外的某些语汇关联。譬如“苹果”可以跟“吃”“采”“削”关联，可是跟“喝”“穿”“戴”无论如何联不起来，那是小孩也知道的。但是跟“目标”联得起来的语汇是“做到”还是“达到”，还是两个都成或者两个都不成，就连成人也不免踌躇。尤其在结构繁复的句子里，两个相关的语汇隔得相当远，照顾容易疏忽。那必须掌握语句的脉络，熟习语汇跟语汇意义上的搭配，才可以不出岔子。再其次，下一句话跟上一句话连接起来，当然全凭意义，有时候需用专司连接的语汇，有时候不需用。对于那些专司连接的语汇，得个个咬实，绝不乱用。提出假设，才来个“如果”。意义转折，才来个“可是”或者“然而”。准备说原因了，才来个“因为”。准备作结语了，才来个“所以”。还有，说“固然”，该怎样照应，说“不但”，该怎样配搭，诸如此类，都得明白。不能说那些个语汇经常用，用惯了，有什么稀罕；要知道唯有把握住规律，才能保证用一百次就一百次不错。

咱们说“吃饭”“喝水”，不能说“饭吃”“水喝”。意思是我佩服你，就得说“我佩服你”，不能说“你佩服我”；意思是你相信他，就得说“你相信他”，不能说“他相信你”。“吃饭”“喝水”合乎咱们语言的习惯；“我佩服你”“你相信他”主宾分明，合乎咱们的本意：这就叫作合乎语法。语法是语句构造的方法。那方法不是由谁规定的，也无非是个约定俗成。对于语法要注点儿意，先得养成剖析句子的习惯。说一句话，必然有个对象，或者说“我”，或者说“北京”，或者说“中华人民共和国”，如果什么对象也没有，话也不用说了。对象以明白说出来的居多；有时因为前面已经说过，或者因为人家能够理会，就略去不说。无论说出来不说出来，要剖析，就必须认清楚说及的对象是什么。单说个对象还不成一句话，还必须对那个对象说些什么。说些什么，那当然千差万别，可是归纳起来只有两类。一类是说那对象怎样，可以举“中华人民共和国成立了”作例子，“成立了”

就是说“中华人民共和国”怎样。又一类是说那对象是什么，可以举“北京是中华人民共和国的首都”作例子，“是中华人民共和国的首都”就是说“北京”是什么。在这两个例子中，哪个是对象的部分，哪个是怎样或者是什么的部分容易剖析，好像值不得说似的。但是咱们说话并不老说这么简单的句子，咱们还要说些个繁复的句子。就算是简单的句子吧，有时为了需要，对象的部分，怎样或者是什么的部分，也得说上许多东西才成，如果剖析不来，自己说就说不清楚，听人家说就听不清楚。譬如“以美国为首的帝国主义者侵略朝鲜的行动正在严重地威胁着中国的安全，”这句话，咱们必须能够加以剖析，知道这句话说及的对象是“行动”，“行动”以上全是说明“行动”的非要不可的东西。这个“行动”怎样呢？这个“行动…… 威胁着中国的安全”；“正在”说明“威胁”的时间，“严重地”说明“威胁”的程度，也是非要不可的。至于繁复的句子，好像一个用许多套括弧的算式。你必须明白那个算题的全部意义才写得出那样的一个算式；你必须按照那许多套括弧的关系才算得出正确的答数。由于排版不方便，这儿不举什么例句，给加上许多套括弧，写成算式的模样了；只希望读者从算式的比喻理会到剖析繁复的句子十分重要。能够剖析句子，必然连带地知道其他一些道理。譬如，说及的对象一般在句子的前头，可是不一定在前头：这就是一个道理。在“昨晚上我去看老张”这句话里，说及的对象是“我”不是“昨晚上”，在前的“昨晚上”说明“去看”的时间。繁复的句子里往往包含几个分句，除开轻重均等的以外，重点都在后头：这又是一个道理。像“读书人家的子弟熟悉笔墨，木匠的儿子会玩斧凿，兵家儿早识刀枪”这句话，是三项均等的，无所谓轻重。像“我们不但善于破坏一个旧世界，我们还将善于建设一个新世界”“宁可将可作小说的材料缩成速写，决不将速写材料拉成小说”“如果我们不学习群众的语言，我们就不能领导群众”“我们有很多同志，虽然天天处在农村中，甚至自以为了解农村，但是他们并没有了解农村”“即使人家不批评我们，我们也应该自己检讨”（以上六句例句是从吕叔湘、朱德熙两位先生的《语法修辞讲话》里抄来的，见一九五一年六月二十日的《人民日报》）。这几句话的重点都在后头，说前头的，就为加强后头的分量。如果径把重点说出，原来在前头的就不用说了。已经说了“我们将善于建设一个新世界”，底下还用说“我们善于破坏一个旧世界”吗？要说也连不上了。知道了以上那些道理，对于说话听话，对于写文章看文章，都是很有用处的。

开头说准备功夫，说到养成正确的语言习惯就说了这么一大串。往下文章快要结束了，回到准备功夫上去再说几句。

以上说的那些准备功夫全都是属于养成习惯的。习惯总得一点一点地养成。临时来一下，过后就扔了，那养不成习惯。而且临时来一下必然不能到家。平时心粗气浮，对于外界的事物，见如不见，闻如不闻，也就说不清所见所闻是什么。有一天忽然为了要写文章，才有意去精密观察一下，仔细认识一下，这样的观察和认识，成就必然有限，必然比不上平时能够精密观察仔细认识的人。写成一篇观察得好认识得好的文章，那根源还在于平时有好习惯，习惯好，才能够把文章的材料处理好。

平时想心思没条没理，牛头不对马嘴的，临到拿起笔来，即使十分审慎，定计划，写大纲，能保证写成论据完足推阐明确的文章吗?

平时对于语汇认不清它的确切意义，对于语法拿不稳它的正确结构，平时说话全是含糊其辞，似是而非，临到拿起笔来，即使竭尽平生之力，还不是跟平时说话半斤八两吗?

所以，要文章写得像个样儿，不该在拿起笔来的时候才问该怎么样，应该在拿起笔来之前多做准备功夫。准备功夫不仅是写作方面纯技术的准备，更重要的是实际生活的准备，不从这儿出发就没有根。急躁是不成的，秘诀是没有的。实际生活充实了，种种习惯养成了，写文章就会像活水那样自然地流了。

怎样写作

……

怎样写作

这一次讲的题目是《怎样写作》。怎样写作，现在有好些作文法一类的书，讲得很详细。不过写作的时候，如果要临时翻查这些书，一一按照书里说的做去，那就像一手拿着烹饪讲义一手做菜一样，未免是个笑话了。这些书大半从现成文章里归纳出一些法则来，告诉人家怎样怎样写作是合乎法则的，也附带说明怎样怎样写作是不合乎法则的。我们有了这些知识，去看一般文章就有了一枝量尺，不但知道某一篇文章好，还说得出好在什么地方，不但知道某一篇文章不好，还说得出不好在什么地方。自然，这些知识也能影响到我们的写作习惯，可是这种影响只在有意无意之间。写文章，往往会在某些地方写得不合法则，有了作文法的知识，就会觉察到那些不合法则的地方。于是特地留心，要把它改变过来。这特地留心未必马上就有成效，或许在三次里头，两次是改变过来了，一次却依然犯了老毛病。必须从特地留心成为不待经意的习惯，才能每一次都合乎法则。所以作文法一类书对于增强我们看文章的眼力有些直接的帮助，对于增强我们写文章的腕力只有间接的帮助。所以光看看这一类书未必就能把文章写好。如果临到作文而去翻查这些书，那更是毫无实益的傻事。

诸位现在都写语体文。语体文的最高的境界就是文章同说话一样。写在纸上的一句句的文章，念起来就是口头的一句句的语言，叫人家念了听了，不但完全明白文章的意思，还能够领会到那种声调和神气，仿佛当面听那作文的人亲口说话一般。要达到这个境界，不能专在文字方面做工夫，最要紧的还在锻炼语言习惯。因为语言好比物体的本身，文章好比给物体留下一个影像的照片，物体本身完整而有式样，拍成的照片当然完整而有式样。语言周妥而没有毛病，按照语言写下来的文章当然也周妥而没有毛病了。所以锻炼语言习惯是寻到根源去的办法。不过有一句应当声明，语言习惯是本来要锻炼的。一个人生活在人群中间，随时随地都有说话的必要，如果语言习惯上有了缺点，也就是生活技能上有了缺点，那是非常吃亏的。把语言习惯锻炼得良好，至少就有了一种极关重要的生活技能。对于作文，这又是一种最可靠的根源。我们怎能不努力锻炼呢？

现在小学里有说话的科目，又有演讲会、辩论会等的组织，中学里，演讲会和辩论会也常常举行。这些都是锻炼语言习惯的。参加这种集会，仔细听人家说的话，往往会发现以下的几种情形。说了半句话，缩住了，另外换一句来说，和刚才的半句话并没有关系，这是一种。“然而”“然而”一连串，“那么”“那么”一大堆，照理用一个就够了，因为要延长时间，等待着想下面的话，才说了那么许多，这是一种。应当“然而”的地方不“然而”，应当“那么”的地方不“那么”，只因为这些地方似乎需要一个词，可是想不好该用什么词，无可奈何，就随便拉一个来凑数，这是一种。有一些话听去很不顺耳，仔细辨辨，原来里头有几个词用得不妥当，不然就是多用了或者少用了几个词，这又是一种。这样说话的人，他平时的语言习惯一定不很好，而且极不留心去锻炼，所以在演讲会、辩论会里就把弱点表露出来了。

若叫他写文章，他自然按照自己的语言习惯写，那就一定比他的口头语言更难使人明白。因为说话有面部的表情和身体的姿势作为帮助，语言虽然差一点，还可以使人家大体明白。写成文章，面部的表情和身体的姿势是写不进去的，让人家看见的只是支离破碎前不搭后的一些文句，岂不叫人糊涂？我由于职务上的关系，有机会读到许多中学生的文章，其中有非常出色的，也有不通的，所谓不通，就是除了材料不健全不妥当以外，还犯了前面说的几种毛病，语言习惯上的毛病。这些同学如果平时留心锻炼语言习惯，写起文章来就可以减少一些不通。加上经验方面的洗炼，使写作材料健全而妥当，那就完全通了。所谓“通”原来不是什么高不可攀的境界。

锻炼语言习惯要有恒心，随时随地当一件事做，正像矫正坐立的姿势一样，要随时随地坐得正立得正才可以养成坐得正立得正的习惯。我们要要求自己，无论何时不说一句不完整的话，说一句话一定要表达出一个意思，使人家听了都能够明白；无论何时不把一个不很了解的词硬用在语言里，也不把一个不很适当的词强凑在语言里。我们还要要求自己，无论何时不乱用一个连词，不多用或者少用一个助词。说一句话，一定要在应当“然而”的地方才“然而”，应当“那么”的地方才“那么”，需要“吗”的地方不缺少“吗”，不需要“了”的地方不无谓地“了”。这样锻炼好像很浅近、很可笑，实在是基本的，不可少的。家长对于孩子，小学教师对于小学生，就应该教他们，督促他们，作这样的锻炼。可惜有些家长和小学教师没有留意到这一层，或者留意到而没有收到相当的成效。我们要养成语言这个极关重要的生活技能，就只得自己来留意。留意了相当时间之后，就能取得锻炼的成效。不过要测验成效怎样，从极简短的像“我正在看书”“他吃过饭了”这些单句上是看不出来的。我们不妨试说五分钟连续的话，看这一番话里能够不能够每句都符合自己提出的要求。如果能够了，锻炼就已经收了成效。到这地步，作起文来就不觉得费事了，口头该怎样说的笔下就怎样写，把无形的语言写下来成为有形的文章，只要是会写字的人，谁又不会做呢？依据的是没有毛病的语言，文章也就不会不通了。

听人家的语言，读人家的文章，对于锻炼语言习惯也有帮助。只是要特地留意，如果只大概了解了人家的意思就算数，对于锻炼我们的语言就不会有什么帮助了。必须特地留意人家怎样用词，怎样表达意思，留意考察怎样把一篇长长的语言顺次地说下去。这样，就能得到有用的资料，人家的长处我们可以汲取，人家的短处我们可以避免。

写语体文只是十几年来的事。好些文章，哪怕是有名的文章家写的，都还不纯粹是口头的语言。写语体文的技术还没有练到极纯熟的地步。不少人为了省事起见，往往凑进一些文言的调子和语汇去，成为一种不尴不尬的文体。刚才说过，语体文的最高境界就是文章同说话一样。所以这种不尴不尬的文体只能认为过渡时期的产物，不能认为十分完善的标准范本。这一点认清楚了，才可以不受现在文章的坏影响。但是这些文章也有长处，当然应该模仿；至于不很纯粹的短处，就努力避免。如果全国中学生都向这方面用功夫，不但自己的语言习惯可以锻炼得非常好，还可以把语体文的文体加速地推进到纯粹的境界。

从前的入学作文章都注重诵读，往往说，只要把几十篇文章读得烂熟，自然而然就能够下笔成文了。这个话好像含有神秘性，说穿了道理也很平常，原来这就是锻炼语言习惯的意思。文言不同于口头语言，非但好多词不同，一部分语句组织也不同。要学不同于口头语言的文言，除了学这种特殊的语言习惯以外，没有别的方法。而诵读就是学这种特殊的语言习惯的一种锻炼。所以前人从诵读学作文章的方法是不错的。诸位若要作文言，也应该从熟读文言入手。不过我以为诸位实在没有作文言的必要。说语体浅文言深，先习语体，后习文言，正是由浅入深，这种说法也没有道理。文章的浅深该从内容和技术来决定，不在乎文体的是语体还是文言。况且我们既是现代人，要表达我们的思想情感，在口头既然用现代的语言，在笔下当然用按照口头语言写下来的语体。能写语体，已经有了最便利的工具，为什么还要去学一种不切实用的文言？若说升学考试或者其他考试，出的国文题目往往有限用文言的，不得不事前预备，这实在由于主持考试的人太不明白。希望他们通达起来，再不要做这种故意同学生为难而毫没有实际意义的事。而在这种事还没有绝迹以前，诸位为升学计，为通过其他考试计，就只得分出一部分工夫来，勉力去学作文言。

以上说了许多话，无非说明要写通顺的文章，最要紧的是锻炼语言习惯。因为文章就是语言的记录，二者本是同一的东西。可是还得进一步，还不能不知道文章和语言两样的地方。前面说过，说话有面部的表情和身体的姿势作为帮助，但是文章没有这样的帮助，这就是两样的地方。写文章得特别留意，怎样适当地写才可以不靠这种帮助而同样可以使人家明白。两样的地方还有一些。如两个人闲谈，往往天南地北，结尾和开头竟可以毫不相关。就是正式讨论一个问题，商量一件事情，有时也会在中间加入一段插话，像藤蔓一样爬开去，完全离开了本题。直到一个人省悟了，说："我们还是谈正经话吧。"这才一刀截断，重又回到本题。作文章不能这样。文章大部分是预备给人家看的，小部分是留给自己将来查考的，每一篇都有一个中心，没有中心就没有写作的必要。所以写作只该把有关中心的话写进去，而且要配列得周妥，使中心显露出来。那些漫无限制的随意话，像藤蔓一样爬开去的枝节话，都该剔除得干干净净，不让它浪费我们的笔墨。又如用语言讲述一件事情，往往噜噜苏苏，细大不涓；传述一场对话，更是照样述说，甲说什么，乙说什么，甲又说什么，乙又说什么。作文章不能这样。文章为求写作和阅读双方的省事，最要讲究经济。一篇文章，把紧要的话都漏掉，没有显露出什么中心来，这算不得经济。必须把紧要的话都写进去，此外再没有一句噜苏的话。正像善于用钱的人一样，不该省钱的地方决不妄省一个钱，不该费钱的地方决不妄费一个钱，这才够得上称为经济。叙述一件事情，得注意详略。对于事情的经过不作同等分量的叙述，必须叫人家详细明白的部分不惜费许多笔墨，不必叫人家详细明白的部分就一笔带过。如果记人家的对话，就得注意选择。对于人家的语言不作照单全收的记载，足以显示其人的思想、识见、性情等等的才入选，否则无妨丢开。又如说话往往用本土的方言以及本土语言的特殊调子。作文章不能这样。文章得让大家懂，得预备给各地的人看，应当用各地通行的语汇和语调。本土的语汇和语调必须淘汰，才可以不发生隔阂的弊病。以上说的是文章和语言两样的地方。知道了这几层，也就知道作文技术的大概。由知识渐渐成为习惯，作起文来就有记录语言的便利而没有死板地记录语言的缺点了。

现在来一个结束。怎样写作呢？最要紧的是锻炼我们的语言习惯。语言习惯好，写的文章就通顺了。其次要辨明白文章和语言两样的地方，辨得明白，能知能行，写的文章就不但通顺，而且是完整而无可指摘的了。

谈叙事

照理说，凭着可见可知的事物说话作文，只要你认得清楚，辨得明白，说来写来该不会有错。

所谓可见可知的事物是已经存在的，或是已经发生的。好比一件东西摆在你面前，不用你自己创造出什么东西，可说可写的全在它自己身上。

虽说事物摆在面前，但是不一定就说得成写得成。事物两字是总称，分开来成两项：一项是经历一段时间的“事”，一项是占据一块空间的“物”。要把“事”与“物”化为语言文字说出来写出来，使人家闻而可知，见而可晓，说话作文的人先得下“化”的工夫。如果“化”不来或者“化”不好，虽然事物摆在面前，现成不过，还是说不成写不成。

把经历一段时间的“事”化为语言文字，通常叫作叙事，这功夫并不艰难。语言文字从头一句到末了一句也经历一段时间，经历一段时间就有个先后次序，这个先后次序如果按照着“事”的先后次序，这就“化”过来了。

叙事的语言文字怎样才算好，起码的条件是使人家明白那“事”的先后次序。在先的先说先写，在后的后说后写，固然可以使人家明白；尤其要紧的，对于表明时间的语句一毫不可马虎。如果漏说漏写了，或者说得含糊，写得游移，就叫听的人看的人迷糊了。这儿不举例，请读者自己找几篇叙事文字来看，看那几篇文字怎样点明先后次序，怎样运用表明时间的语句。

按照“事”的先后次序叙事，那是常规。为着需要，有时候常规不能适用。譬如，叙事叙到某一个阶段，必须追叙从前的事方始明白。又如，一件事头绪纷繁，两方面三方面同时在那里进展，必须把几方面一一叙明。遇到这种情形，就不能死守着按照先后次序了。试举个例子（从茅盾所译的《人民是不朽的》录出）：

马利亚·铁木菲也芙娜·乞列特尼成科，师委

> 员的母亲，七十岁的黑脸的女人，准备离开她的故乡。邻人邀她在白天和他们同走，但是马利亚·铁木菲也芙娜正在烘烤那路上用的面包，要到晚上才能烤好。集体农场的主席却是预定次日一早走的，马利亚就决定和他同走。

若照次序先后叙下去，以下就该叙马利亚当夜怎样准备，次日怎样动身。但是读者还不知道马利亚带谁同走，她的以往经历怎么样，她舍不得离开故乡的心情怎么样。这些都有叙明的需要，于是非追叙不可了：

> 她的十一岁的孙子辽尼亚本来在基辅读书，战争爆发前三星期学校放假，辽尼亚从基辅来看望祖母，现在还没回去。开战以后，马利亚就得不到儿子的消息，现在决定带了孙子到喀山去，投奔她的儿媳妇的一个亲戚，儿媳妇是早三年就故世了。

辽尼亚回来看望马利亚，马利亚得不到儿子的消息，儿媳妇已经故世，都是马利亚准备离开故乡以前的事。请注意“现在还没回去”“现在决定带了孙子到喀山去”“儿媳妇是早三年就故世了”这些语句。如果不用这些语句表明时间，非但次序先后搞不清楚，连事情的本身也弄不明白。

以下叙马利亚到基辅去的情形：

从前，她的儿子常常请她到基辅和他同住在那大的公寓里……

叙她怎样在基辅各处游览，怎样因为儿子受到人们的尊敬。请注意“从前”两字，明明标明那是追叙。随后是：

一九四〇那一年，马利亚·铁木菲也芙娜生了一场病，不曾到儿子那里去。但在七月，儿子随军演习，顺路到母亲这里住了两天。这一次，儿子又请母亲搬到基辅去住……

于是在父亲的坟园里，母亲对儿子说了如下的话：

> “你想想，我能够离开这里吗？我打算老死在这里了。你原谅我吧，我的儿。”

这里见出她是万万舍不得离开故乡的。请注意“一九四〇那一年”和“这一次”，也明明标明那是追叙。

接下去是：

> 而现在，她准备离开她这故乡了。动身的前夕，她去拜访她所熟识的一位老太太。辽尼亚和她一同去……

直到这里，在时间先后上才接上那头一节。其间追叙的部分计有七百字光景。那“而现在”三字仿佛一个符号，表示追叙的那部分已经完毕，直接头一节的叙写从此开始。

现在再举个例子（从《水浒》武松打虎那一回录出）：

……跳出一只吊睛白额大虫来。武松见了，叫声“啊呀！”从青石上翻将下来，便拿那条哨棒在手里，闪在青石边。那大虫又饥又渴，把两只爪在地下略按一按，和身望上一扑，从半空里撺将下来。武松被那一惊，酒都做冷汗出了。说时迟，那时快，武松见大虫扑来，只一闪，闪在大虫背后。那大虫背后看人最难，便把前爪搭在地下，把腰胯一掀，掀将起来。武松只一闪，闪在一边。大虫见掀他不着，吼一声，却似半天里起个霹雳，震得那山冈也动，把这铁棒也似虎尾倒竖起来，只一剪。武松却又闪在一边。

这里大虫的一扑和武松的第一个一闪同时，大虫的一掀和武松的第二个一闪同时，大虫的一剪和武松的第三个一闪同时。同时发生的事情不能同时说出写出，自然只得叙了大虫又叙武松。单就大虫方面顺次叙，或是单就武松方面顺次叙，都无法叙明。叙述头绪纷繁的事情，也只该如此。

以上说的不是什么人为的作文方法，实在是说话想心思的自然规律。世间如果有所谓作文方法，也不过顺着说话想心思的自然规律加以说明而已。

以画为喻

咱们画图，有时候为的实用。编撰关于动物植物的书籍，要让读者明白动物植物外面的形态跟内部的构造，就得画种种动物植物的图。修建一所房子或者布置一个花园，要让住在别地的朋友知道房屋花园是怎么个光景，就得画关于这所房屋这个花园的图。这类的图，绘画动机都在实用。读者看了，明白了，住在别地的朋友看了，知道了，就体现了它的功能。

这类图决不能随便乱画，首先要把画的东西看得明白，认得确切。譬如画猫吧，它的耳朵怎么样，它的眼睛怎么样。你如果没有看得明白，认得确切，怎么能下手？随便画上猪的耳朵，马的眼睛，那是个怪东西，决不是猫；人家看了那怪东西的图，决不能明白猫是怎样的动物。所以，要画猫就得先认清猫。其次，画图得先练成熟习的手腕，心里想画猫，手上就得画成一只猫。像猫这种动物，咱们中间谁还没有认清，可是咱们不能人人都画得成一只猫；画不成的原因，就在乎熟习的手腕没有练成。明知道猫的耳朵是怎样的，眼睛是怎样的，可是手不应心，画出来的跟知道的不相一致，这就成猪的耳朵马的眼睛，或者什么也不像了。所以，要画猫又得练成从心所欲的手腕。

咱们画图，有时候并不为实用。看见一个老头儿，觉得他的躯干，他的面部的器官，他的蓬松的头发跟胡子，线条都非常之美，配合起来，是一个美的和谐，咱们要把那美的和谐表现出来，就动手画那个老头儿的像。走到一处地方，看见三棵老柏树，那高高向上的气派，那倔强矫健的姿态，那苍然蔼然的颜色，都仿佛是超然不群的人格的象征，咱们要把这一点感兴表现出来，就动手画那三棵老柏树的图。这类的图，绘画的动机不为实用，可以说无所为。但是也可以说有所为，为的是表出咱们所见到的一点东西，从老头儿跟三棵老柏树所见到的一点东西——“美的和谐”“仿佛是超然不群的人格的象征”。

这样的图也不能随便乱画。第一，见到须是真切的见到。人家说那个老头儿很美，你自己不加辨认，也就跟着说那个老头儿很美，这就不是真切的见到。人家都画柏树，认为柏树的挺拔之概值得画，你就跟着画柏树，认为柏树的挺拔之概值得画，这就不是真切的见到。见到不真切，实际就是无所见，无所见可是还要画，结果只画了个老头儿，画不出那“美的和谐”来；只画了三棵老柏树，画不出那“仿佛是超然不群的人格的象征”来。必须要整个的心跟事物相对，又把整个的心深入事物之中，不仅认识它的表面，并且透达它的精蕴，才能够真切地见到些什么。有了这种真切的见到，咱们的图才有了根本，才真个值得动起手来。第二，咱们的图既以咱们所见到的一点东西为根本，就跟前一类的图有了不同之处：前一类的图只须见什么画什么，画得准确就算尽了能事；这一类的图要表现出咱们所见到的一点东西，就得以此为中心，对材料加一番选择取舍的功夫；这种功夫如果做得不到家，那么虽然确有见到，也还画不成一幅好图。那老头儿一把胡子，工细的画来，不如粗粗的几笔来得好；那三棵老柏树交结着的桠枝，照样的画来，不如删去了些来得好：这样的考虑就是所谓选择取舍的工夫。做这种功夫有个标准，标准就是咱们所见到的一点东西。跟这一点东西没有关系的，完全不要；足以表出这一点东西的，不容放弃；有时为了要增加表出的效果，还得以意创造，而这种工夫的到家不到家，关系于所见的真切不真切；所见越真切，选择取舍越有把握；有时几乎可以到不须思索的境界。第三，跟前边说的一样，得练成熟习的手腕。所见在心表出在手腕，手腕不熟习，根本就画不成图，更不用说好图。这个很明白，无须多说。

以上两类图，次序有先后，程度有浅深。如果画一件东西不会画得像，画得准确，怎么能在一幅画中表出咱们所见到的一点东西？必须能画前一类图，才可以画后一类图。这就是次序有先后。前一类图只凭外界的事物，认得清楚，手腕又熟，就成。后一类图也凭外界的事物，根本却是咱们内心之所见；凭这一点，它才成为艺术。这就是程度有浅深。这两类图咱们都要画，看动机如何而定。咱们要记载物象，就画前一类图；咱们要表出感兴，就画后一类图。

我的题目“以画为喻”，就是借画图的情形，来比喻文字。前一类图好比普通文字，后一类图好比文艺。普通文字跟文艺，咱们都要写，看动机如何而定。一为应付实际需要，咱们得写普通文字；如果咱们有感兴，有真切的见到，就得写文艺。普通文字跟文艺次序有先后，程度有浅深。写不来普通文字的人决写不成文艺；文艺跟普通文字原来是同类的东西，不过多了咱们内心之所见。至于熟习的手腕，两方面同样重要；手腕不熟，普通文字跟文艺都写不好。手腕要怎样才算熟？要让手跟心相应，自由驱遣语言文字，想写个什么，笔下就写得出个什么，这才算是熟。我的话即此为止。

木炭习作跟短小文字

美术学生喜欢作整幅的画，尤其喜欢给涂上彩色，红一大块，绿一大块，对于油彩毫不吝惜。待涂满了自己看看，觉得跟名画集里的画幅有点儿相近，那就十分满意；遇到展览会，当然非送去陈列不可。因此，你如果去看什么美术学校的展览会，红红绿绿的画幅简直叫你眼花；你也许会疑心你看见了一个新的宗派——红红绿绿派。

整幅的彩色画所以被美术学生喜欢，并不是没有理由的。从效用上说，这可以表示作者从人生、社会窥见的一种意义；譬如灵肉冲突啊，意志难得自由啊，都会的罪恶啊，黄包车夫的痛苦啊，都是常见的题材。从技巧上说，这可以表示作者对于光跟色彩的研究功夫；人的脸上一搭青一搭黄，花瓶里的一朵大花单是一团红，都是研究的结果。人谁不乐意把自己见到的、研究出来的告诉人家。美术学生会的是画画，当然用画来代替言语，于是拿起画笔来，一幅又一幅地涂他们的彩色画。

但是，从参观展览会的人一方面说，这红红绿绿派往往像一大批谜。骤然看去，不知道画的什么，仔细看了一会，才约略猜得透大概是什么，不放心，再对准了号数检查手里的出品目录，也有猜中的，也有猜不中的。明明是一幅一幅挂在墙上的画，除了瞎子谁都看得清，为什么看了还得猜？这因为画得不很像的缘故。画人不很像人，也许是远远的一簇树木；画花不很像花，也许是桌子上堆着几个绒线球。怎叫人不要猜？

像，在美术学生看来真是不值得齿数的一个条件。他们会说，你要像，去看照相好了，不用来看画，画画的终极的目标就不在乎像。话是不错。然而照相也有两种：一种是普通照相；另一种是艺术照相。普通照相就只是个像；艺术照相却还有旁的什么，可是也决不离开了像。把画画得跟普通照相一样，那就近乎“匠”了，自然不好；但是跟艺术照相一样，除了旁的什么以外，还有一个条件叫作像，并没有辱没绘画艺术。并且，丢开了像，还画什么画呢？画画的终极的目标固然不在像，而画画的基础的条件不能不是这个像。

照相靠着机械的帮助，无论普通的、艺术的，你要它不像也办不到。画画全由于心思跟手腕的运用，你没有练习到像的地步，画出来就不像。不像，好比造房子没有打下基础，你却要造起高堂大厦来，怎能不一塌糊涂、完全失败？基础先打下了，然后高堂大厦凭你造。这必需的功夫就是木炭习作。

但是，听说美术学生最不感兴味的就是木炭习作。一个石膏人头，一朵假花，要一回又一回地描画，谁耐烦？马马虎虎敷衍一下，总算学过了这一门就是了。回头就嚷着弄彩色，画整幅。这是好胜的心肠，巴望自己创造出几幅有价值的画来，不能说不应该。然而未免把画画的基础看得太轻忽了，并且木炭习作不只使你落笔画得像，更能够教你渐渐明白，画一件东西，哪一些繁琐的线条可以省掉，哪一些主要的线条一丝一毫随便不得。不但教你明白，又教你的手腕渐渐熟练起来，可以省掉的坚决不画，随便不得的决不随便。这对于你极有益处，将来你能画出不同于照相可是也像的画来，基础就在乎此。

情形正相同，一个文学青年也得下一番跟木炭习作同类的工夫，那目标也在乎像而不仅在乎像。

文学的木炭习作就是短小文字，有种种的名称，小品、随笔、杂感、速写、特写、杂文，此外大概还有。照编撰文学概论的说起来，这些门类各有各的定义跟范围，不能混同。但是，不多啰唆，少有枝叶，有什么说什么，说完了就搁笔，差不多是这些门类的共通点，所以不妨并为一谈。若说应付实际生活的需要，唯有这些门类才真个当得起“应用文”三个字；章程、契券、公文之类只是“公式文”而已，实在不配称为“应用文”。同时，这些门类质地单纯，写作起来比较便于照顾，借此训练手腕，最容易达到熟能生巧的境界。

训练目标也在乎像。这个话怎么说呢？原因简单得很：你眼前有什么，心中有什么，把它写下来，没有走样；拿给人家看，能使人家明白你眼前的、心中的是什么，这就行了。若把画画的工夫来比拟，不就是做到了一个像字吗？这可不是三脚两步就能够达到的。连篇累牍写了许多，结果自觉并没有把眼前的、心中的写下来，人家也不大清楚作者到底写的什么：这样的事情往往有之。所以，虽说是类乎木炭习作的短小文字，写作的时候也非郑重从事不可。譬如写一间房间，你得注意各种陈设的位置，辨认外来光线的方向，更得捉住你从那房间得到的印象。譬如写一个人物，你得认清他的状貌，观察他的举动，更得发见他的由种种因缘而熔铸成功的性情。又譬如写一点感想，你得把握那感想的中心，让所有的语言都环拱着它，为着它而存在。能够这样当一回事做，写下来的成绩总之离像不远；渐渐进步到纯熟，那就无有不像——就是说，你要写什么，写下来的一定是什么了。

到了纯熟的时候，跟画画一样，你能放弃那些繁琐的线条，你能用简要的几笔画出生动的形象来，你能通体没有一笔败笔。你即使不去作什么长篇大品，这短小文字也就是文学作品了。文学作品跟普通文字本没有划然的界限，至多像整幅彩色画跟木炭习作一样而已。

画画不像，写作写不出所要写的，那就根本不成，别再提艺术啊文学啊那些好听的字眼。在基础上下了功夫，逐渐发展开去，却就成了艺术跟文学。舍此以外，没有什么捷径。谁自问是个忠实的美术学生或者文学青年的话，先在基础上下一番刻苦的工夫吧。

临摹和写生

向来学画，不外两个办法。一是临摹，拿名家画幅做范本，照着它下笔。一些画谱里还有指导初学的方法，山的皴法有几种，树的点法有几种，全都汇集在一块儿，让人逐一学画。这样分类学习，也是临摹的办法。还有一个办法是写生。写生是直接跟物象打交道，眼里看见的怎么样，手里的画笔就照着画出来。无论从临摹或是写生入手，都有成为画家的可能。

我说学画的两个办法，意在拿来打比方，比喻学写文章。学写文章也有临摹的办法。熟读若干篇范文，然后动手试作，这是临摹。在准备动手的时候，翻着一些范文作参考，也是临摹。另外一个办法是不管读过什么文章，直接写出自己的所见所闻所感所思。所见怎么样就怎么样写，所闻怎么样就怎么样写，其余类推。这是写生的办法。

学校里教学作文，往往把课本里的选文看作范本，有人觉得这还不够，希望另外选些范本，最好学写游记以前先读几篇游记，学写报告书以前先读几篇报告书。有人学习文艺写作，也喜欢揣摩几篇名家的作品，从用意布局到造句用词，都希望有所取法。可见无论学作寻常文章或是学写文艺，认为临摹的办法有效的人很不少。

我并不是绝对不赞成临摹的办法，可是我认为采取写生的办法更有好处，至少应该做到写生为主，临摹为辅。以下容我说明这个浅薄的意见。

还是拿学画来打比方。临摹的时候，面前摊着名家的画。画上当然有种种物象，可是这些物象是名家眼里看见的，不是临摹的人眼里看见的。临摹的人只能以整幅名家的画为物象，一笔不苟地把它描下来。对于画上种种物象的本身，临摹的人是隔着十层的。名家可能有看不透切的地方，可能有表现得不够的地方，临摹的人只好跟着他，没法画得比他更完美。写生可不同，物象摆在面前，写生的人眼睛看它，头脑想它，手里的笔画它，样样都直接。开始写生的时候，成绩可能比临摹坏得多，临摹总还像一张画，写生或许不成画。但是工夫用得多了，看物象的眼光逐渐提高，画物象的手腕逐渐熟练，达到得心应手的地步，那就任何物象都能描绘自如。学画的目的不是希望做到任何物象都能描绘自如吗（成个画家并不是学画的目的，画得好，当然成画家）？这个境界，惯于临摹的人就未必容易达到。总括一句，写生的好处在直接跟物象打交道。

有了前边一节打比方的话，学写文章的方面也不须多说了。学写文章从写生的办法入手，学得好，能够达到挥洒自如的境界，这是一。尤其重要的，以自己的所见所闻所感所思为根据，学得好，能够真正地表达出自己的所见所闻所感所思，这是二。学校里的学生难道因为世间有文章这样东西，非学它不可，才学写文章的吗？有志文艺的人难道因为文艺是又好玩又漂亮的东西，才发心学写文艺的吗？不是的。学生在校学习，出校参加任何工作，都需要把自己的所见所闻所感所思表达出来，而且要表达得好，否则就不能过好生活，做好工作，所以必须学写文章。有志文艺的人学写文艺，也无非要把自己的所见所闻所感所思很好地表达出来。不过他愿意运用文艺的技巧和形式，这是他跟一般学生不同的地方。既然如此，学习写作能不以自己的所见所闻所感所思为写生的对象，能不在写生方面多下功夫吗？

既然要在写生方面下功夫，对于对象自然不肯马虎，也不能马虎。所见不真，所闻不切，所感不深，所思不透，那样的对象能够写生吗？值得写生吗？于是要求自己，所见要真，所闻要切，所感要深，所思要透。达到这些要求，是整个生活里的事，不是执笔学习写作时候的事，然而是写好文章的真正根源。离开了一个人的整个生活，希望把文章写好，是办不到的。

见真，闻切，感深，思透，当然有程度之不同。真有更真，切有更切，深有更深，透有更透。譬如一个初中学生，他的真、切、深、透比不上一个大学生，但是可以达到跟他整个生活相应的真、切、深、透。他达到了这样程度的真、切、深、透，用写生的办法学习写作，抓住那些真、切、深、透的东西，毫不走样地表达出来，这是最有益的练习。

学写文章从临摹的办法入手，搞得不好，可能跟一个人的整个生活脱离，在观念上和实践上都成了为写作而学习写作。还有，在实践上容易引导到陈意滥调的路子，阻碍自己的独立思考和创意铸语。通常说的公式化的毛病，一部分就是从临摹来的。

自己写生，当然也可以看着人家对同一物象怎么样写生。光是看看是参考或比较，进一步仿照他一下，就是临摹。反正在练习的阶段，偶然临摹几回，并不妨事。所以我在前边说到写生为主临摹为辅的话。

语体文要写得纯粹

且不要说什么“通俗化”，我以为要把语体文写得纯粹，也不该向文言讨救兵。

平时阅读书报，那些文章多数是语体文，随时会遇见一些文言的字眼和语句，觉得很不舒服，仿佛看见眉清目秀的面孔上长了个疙瘩。

现在随便翻开几种书报来，把这种文句抄下一些。

“同样缅怀故乡童年，他和他的伴侣并不相似。”

“他进而指出言语本身的缺陷。”

“凝眸于栅外的篱笆。”

“听！秋原中有多少冤魂咽泣。”

“一线欲晴的阳光也没有。”

“以你的材力专用于救世济人。”

“但说到妒之一字，女人似乎再也推辞不脱了。”

“谁不关心蟹的市价？”

好了，抄是抄不完的。这不过举出一些例子，并不想指摘谁的文章写得不好，所以这些文句的篇名和作者都不注明了。

只要想想，一篇文言中间——就像梁任公那样明白通畅的文言吧——如果突然来一个“这个”或者“这怎么行呢”，破坏全篇的纯粹多么厉害！给读者的不快多么深切！想透了这一层就可以知道上面举出的一些例子在一篇语体文中间怎样地不协调了。

写语体文要纯粹是语体文，正同写文言要纯粹是文言一样。

区别语体文和文言固然可以从逐个词句下手，但是扼要的办法还在把握住一个标准。这个标准简单得很，就是“上口不上口”。凡是上口的、语言中间通行这样说的词句，都可以写进语体文，都不至于破坏语体文的纯粹。如果是不上口的、语言中间不通行这样说的词句，那大概是文言的传统，只能用在文言中间；或者是文言传统里的错误的新产品，连文言中间也不适用。写语体文就要把握住这个标准，“上学时”“放假时”等等念不上口，把“时”字写作口头通行的复音词“时候”才念得上口。语言中间没有“以 × × 为 × ×”这种说法，非另外找一个口头通行的说法不可。想到了一个“缅怀”，一个“进而”，经这个标准一提醒，当然要放弃不用。

像“凝眸于栅外的篱笆”就是我所说的文言传统里的错误的新产品。且不说无论如何通文的人口头决不会有这种说法，就是文言中间也不许有这种文句。“建国于某地”，“涉足于某山”，在文言中间原是通行的。可是有个限制，那动作必须是实在的：“国”实在“建”在“某地”，“足”实在“涉”到“某山”。至于凝眸，不过是一种虚拟的动作罢了，这就超出了限制，不能和上面两句用同样的句法。试把那一句调过来说“眸子凝在篱笆上”，这成了什么意思呢？——这种文言传统里的错误的新产品，我见得很多，只是没有随时记录下来。

现在写文章的人，多数还是从文言教养里出来的。他们写语体文，有意地或者无心地用一些文言的说法，原是他们的自由。不过，如果要求语体文写得纯粹，就得随时记着上面说的那个标准。如果还关心到自己文章给与读者的影响，那个标准更不容忽略。至少编辑教科书、写作通俗读物和文艺作品的人应该特别注意。

文言教养受得很浅的，或者简直不曾受过的，那是幸福的人。他们不必费什么心思气力让自己从旧镣铐里解放出来。很叫人担心的是他们当中有些人竟去捡起那副旧镣铐来套在自己的手脚上——他们在语体文里也来一点文言的词句。这样一来，他们上当了，弄得不好，还会带来上面说的那种错误的新产品。如果他们明白语体文要写得纯粹，他们自己又具有写纯粹的语体文的资格，那就不会去捡起那副旧镣铐来了。我希望关心语文教育的人随时劝说一班青年作者，因为根据我的经验，这样的青年作者很不少。至于出了题目注明“限作文言”的国文教师，我只好对他们不抱希望了。

开头和结尾

写一篇文章，预备给人家看，这和当众演说很相像，和信口漫谈却不同。当众演说，无论是发一番议论或者讲一个故事，总得认定中心，凡是和中心有关系的才容纳进去，没有关系的，即使是好意思、好想象、好描摹、好比喻，也得丢掉。一场演说必须是一件独立的东西。信口漫谈可就不同。几个人的漫谈，说话像藤蔓一样爬开来，一忽儿谈这个，一忽儿谈那个，全体没有中心，每段都不能独立。这种漫谈本来没有什么目的，话说过了也就完事了。若是抱有目的，要把自己的情意告诉人家，用口演说也好，用笔写文章也好，总得对准中心用功夫，总得说成或者写成一件独立的东西。不然，人家就会弄不清楚你在说什么写什么，因而你的目的就难达到。

中心认定了，一件独立的东西在意想中形成了，怎样开头怎样结尾原是很自然的事，不用费什么矫揉造作的工夫了。开头和结尾也是和中心有关系的材料，也是那独立的东西的一部分，并不是另外加添上去的。然而有许多人往往因为习惯不良或者少加思考，就在开头和结尾的地方出了毛病。在会场里，我们时常听见演说者这么说：“兄弟今天不曾预备，实在没有什么可以说的。”演说完了，又说：“兄弟这一番话只是随便说说的，实在没有什么意思，请诸位原谅。”谁也明白，这些都是谦虚的话。可是，在说出来之前，演说者未免少了一点思考。你说不曾预备，没有什么可以说的，那么为什么要踏上演说台呢？随后说出来的，无论是三言两语或者长篇大论，又算不算“可以说的”呢？你说随便说说，没有什么意思，那么刚才的一本正经，是不是逢场作戏呢？自己都相信不过的话，却要说给人家听，又算是一种什么态度呢？如果这样询问，演说者一定会爽然自失，回答不出来。其实他受的习惯的累，他听见人家都这么说，自己也就这么说，说成了习惯，不知道这样的头尾对于演说是没有帮助反而有损害的。不要这种无谓的谦虚，删去这种有害的头尾，岂不干净而有效得多？还有，演说者每每说："兄弟能在这里说几句话，十分荣幸。"这是通常的含有礼貌的开头，不能说有什么毛病。然而听众听到，总不免想："又是那老套来了。"听众这么一想，自然而然把注意力放松，于是演说者的演说效果就跟着打了折扣。什么事都如此，一回两回见得新鲜，成为老套就嫌乏味。所以老套以能够避免为妙。演说的开头要有礼貌，应该找一些新鲜而又适宜的话来说。原不必按照着公式，说什么"兄弟能在这里说几句话，十分荣幸"。

各种体裁的文章里头，书信的开头和结尾差不多是规定的。书信的构造通常分做三部分：除第二部分叙述事务，为书信的主要部分外，第一部分叫作"前文"，就是开头，内容是寻常的招呼和寒暄；第三部分叫作"后文"，就是结尾，内容也是招呼和寒暄。这样构造原本于人情，终于成为格式。从前的书信往往有前文后文非常繁复，竟至超过了叙述事务的主要部分的。近来流行简单的了，大概还保存着前文后文的痕迹。有一些书信完全略去前文后文，使人读了感到一种隽妙的趣味。不过这样的书信宜于寄给亲密的朋友。如果寄给尊长或者客气一点的朋友，还是依从格式，具备前文后文，才见得合乎礼意。

记述文记述一件事物，必得先提出该事物，然后把各部分分项写下去。如果一开头就写各部分，人家就不明白你在说什么了。我曾经记述一位朋友赠我的一张华山风景片。开头说："贺昌群先生游罢华山，寄给我一张十二寸的放大片。"又如魏学洢的《核舟记》，开头说："明有奇巧人曰王叔远，能以径寸之木为宫室、器皿、人物以至鸟、兽、木、石，罔不因势象形，各具情态。尝贻余核舟一，盖大苏泛赤壁云。"不先提出"寄给我一张十二寸的放大片"以及"尝贻余核舟一"，以下的文字事实上没法写的。各部分记述过了，自然要来个结尾。像《核舟记》统计了核舟所有人物器具的数目，接着说："而计其长曾不盈寸，盖简桃核修狭者为之。"这已非常完整，把核舟的精巧表达得很明显的了。可是作者还要加上另外一个结尾，说：

魏子详瞩既毕，诧曰：嘻，技亦灵怪矣哉！

《庄》《列》所载称惊犹鬼神者良多，然谁有游削于不寸之质而须麋了然者？假有人焉，举我言以复于我，亦必疑其诳，乃今亲睹之。繇斯以观，棘刺之端未必不可为母猴也。嘻，技亦灵怪矣哉！

这实在是画蛇添足的勾当。从前人往往欢喜这么做，以为有了这一发挥，虽然记述小东西，也可以即小见大。不知道这么一个结尾以后的结尾无非说明那个桃核极小而雕刻极精，至可惊异罢了。而这是不必特别说明的，因为全篇的记述都暗示着这层意思。作者偏要格外讨好，反而叫人起一种不统一的感觉。我那篇记述华山风景片的文字，没有写这种“结尾以后的结尾”，在写过了照片的各部分之后，结尾说：“这里叫作长空栈，是华山有名的险峻处所。”用点明来收场，不离乎全篇的中心。

叙述文叙述一件事情，事情的经过必然占着一段时间，依照时间的顺序来写，大致不会发生错误。这就是说，把事情的开端作为文章的开头，把事情的收梢作为文章的结尾。多数的叙述文都用这种方式，也不必举什么例子。又有为要叙明开端所写的事情的来历和原因，不得不回上去写以前时间所发生的事情。这样把时间倒错了来叙述，也是常见的。如丰子恺的《从孩子得到的启示》，开头写晚上和孩子随意谈话，问他最欢喜什么事，孩子回答说是逃难。在继续了一回问答之后，才悟出孩子所以欢喜逃难的缘故。如果就此为止，作者固然明白了，读者还没有明白。作者要使读者也明白孩子为什么欢喜逃难，就不得不用倒错的叙述方式，回上去写一个月以前的逃难情形了。在近代小说里，倒错叙述的例子很多，往往有开头写今天的事情，而接下去却写几天前几月前几年前的经过的。这不是故意弄什么花巧，大概由于今天这事情来得重要，占着主位，而从前的经过处于旁位，只供点明脉络之用的缘故。

说明文大体也有一定的方式。开头往往把所要说明的事物下一个诠释，立一个定义。例如说明“自由”，就先从“什么叫作自由”入手。这正同小学生作“房屋”的题目用“房屋是用砖头木材建筑起来的”来开头一样。平凡固然平凡，然而是文章的常轨，不能说这有什么毛病。从下诠释、立定义开了头，接下去把诠释和定义里的语义和内容推阐明白，然后来一个结尾，这样就是一篇有条有理的说明文。蔡元培的《我的新生活观》可以说是适当的例子。那篇文章开头说：

> 什么叫作旧生活？是枯燥的，是退化的。什么叫作新生活？是丰富的，是进步的。

这就是下诠释、立定义。接着说旧生活的人不做工又不求学，所以他们的生活是枯燥的、退化的，新生活的人既要做工又要求学，所以他们的生活是丰富的、进步的。结尾说如果一个人能够天天做工求学，就是新生活的人，一个团体里的人能够天天做工求学，就是新生活的团体，全世界的人能够天天做工求学，就是新生活的世界。这见得做工求学的可贵，新生活的不可不追求。而写作这一篇的本旨也就在这里表达出来了。

再讲到议论文。议论文虽有各种，总之是提出自己的一种主张。现在略去那些细节且不说，单说怎样把主张提出来，这大概只有两种开头方式。如果所论的题目是大家周知的，开头就把自己的主张提出来，这是一种方式。譬如今年长江、黄河流域都闹水灾，报纸上每天用很多篇幅记载各处的灾况，这可以说是大家周知的了。在这时候要主张怎样救灾、怎样治水，尽不妨开头就提出来，更不用累累赘赘先叙述那灾况怎样地严重。如果所论的题目在一般人意想中还不很熟悉，那就先把它述说明白，让大家有一个考量的范围，不至于茫然无知，全不接头，然后把自己的主张提出来，使大家心悦诚服地接受，这是又一种方式。胡适的《不朽》是这种方式的适当的例子。“不朽”含有怎样的意义，一般人未必十分了然，所以那篇文章的开头说：

> 不朽有种种说法，但是总括看来，只有两种说法是真有区别的。一种是把“不朽”解作灵魂不灭的意思。一种就是《春秋左传》上说的“三不朽”。

这就是指明从来对于不朽的认识。以下分头揭出这两种不朽论的缺点，认为对于一般的人生行为上没有什么重大的影响。到这里，读者一定盼望知道不朽论应该怎样才算得完善。于是作者提出他的主张所谓“社会的不朽论”来。在列举了一些例证，又和以前的不朽论比较了一番之后，他用下面的一段文字作结尾：

> 我这个现在的“小我”，对于那永远不朽的“大我”的无穷过去，须负重大的责任；对于那永远不朽的“大我”的无穷未来，也须负重大的责任。我须要时时想着，我应该如何努力利用现在的“小我”，方才可以不辜负了那“大我”的无穷过去，方才可以不遗害那“大我”的无穷未来？

这是作者的“社会的不朽论”的扼要说明，放在末了，有引人注意、促人深省的效果。所以，就构造说，这实在是一篇完整的议论文。

普通文的开头和结尾大略说过了，再来说感想文、描写文、抒情文、纪游文以及小说等所谓文学的文章。这类文章的开头，大致有冒头法和破题法两种。冒头法是不就触到本题，开头先来一个发端的方式。如茅盾的《都市文学》，把“中国第一大都市‘东方的巴黎’——上海，一天比一天‘发展’了”作为冒头，然后叙述上海的现况，渐渐引到都市文学上去。破题法开头不用什么发端，马上就触到本题。如朱自清的《背影》，开头说“我与父亲不相见已二年余了，我最不能忘记的是他的背影”，就是一个适当的例子。

曾经有人说过，一篇文章的开头极难，好比画家对着一幅白纸，总得费许多踌躇，去考量应该在什么地方下第一笔。这个话其实也不尽然。有修养的画家并不是画了第一笔再斟酌第二笔的，在一笔也不曾下之前，对着白纸已经考量停当，心目中早就有了全幅的布置了。布置既定，什么地方该下第一笔原是摆好在那里的事。作文也是一样。作者在一个字也不曾写之前，整篇文章已经活现在胸中了。这时候，该用什么方法开头，开头该用怎样的话，也都派定注就，再不必特地用什么搜寻的功夫。不过这是指有修养的人而言。如果是不能预先统筹全局的人，开头的确是一件难事。而且，岂止开头而已，他一句句一段段写下去将无处不难。他简直是盲人骑瞎马，哪里会知道一路前去撞着些什么？

文章的开头犹如一幕戏剧刚开幕的一刹那的情景，选择得适当，足以奠定全幕的情调，笼罩全幕的空气，使人家立刻把纷乱的杂念放下，专心一志看那下文的发展。如鲁迅的《秋夜》，描写秋夜对景的一些奇幻峭拔的心情，用如下的文句来开头：

> 在我的后园，可以看见墙外有两株树。一株是枣树，还有一株也是枣树。

“还有一株也是枣树”是并不寻常的说法，拗强而特异，足以引起人家的注意，而以下文章的情调差不多都和这一句一致。又如茅盾的《雾》，用“雾遮没了正对着后窗的一带山峰”来开头，全篇的空气就给这一句凝聚起来了。以上两例都属于显出力量的一类。另有一种开头，淡淡着笔，并不觉得有什么力量，可是同样可以传出全篇的情调，范围全篇的空气。如龚自珍的《记王隐君》，开头说：

> 于外王父段先生废簏中见一诗，不能忘。于西湖僧经箱中见书《心经》，蠹且半，如遇簏中诗也，益不能忘。

这个开头只觉得轻松、随便，然而平淡而有韵味，一来可以暗示下文所记王隐君的生活，二来先行提出书法，可以作为下文访知王隐君的关键。仔细吟味，真有说不尽的妙趣。

现在再来说结尾。略知文章甘苦的人一定有这么一种经验：找到适当的结尾好像行路的人遇到了一处适合的休息场所，在这里他可以安心歇脚，舒舒服服地停止他的进程。若是找不到适当的结尾而勉强作结，就像行路的人歇脚在日晒风吹的路旁，总觉得不是个妥当的地方。至于这所谓“找”，当然要在计划全篇的时候做，结尾和开头和中部都得在动笔之前有了成竹。如果待临时再找，也不免有盲人骑瞎马的危险。

结尾是文章完了的地方，但结尾最忌的却是真个完了。要文字虽完了而意义还没有尽，使读者好像嚼橄榄，已经咽了下去而嘴里还有余味，又好像听音乐，已经到了末拍而耳朵里还有余音，那才是好的结尾。归有光《项脊轩志》的跋尾既已叙述了他的妻子与项脊轩的因缘，又说了修葺该轩的事，末了说：

> 庭有枇杷树，吾妻死之年所手植也，今已亭亭如盖矣。

这个结尾很好。骤然看去，也只是记叙庭中的那株枇杷树罢了。但是仔细吟味起来，这里头有物在人亡的感慨，有死者渺远的惆怅。虽则不过一句话，可是含蓄的意义很多，所谓“余味”“余音”就指这样的情形而言。我曾经作过一篇题名《遗腹子》的小说，叙述一对夫妇只生女孩不生男孩，在绝望而纳妾之后，大太太居然生了一个男孩；不久那个男孩就病死了；于是丈夫伤心得很，一晚上喝醉了酒，跌在河里淹死了；大太太发了神经病，只说自己肚皮里又怀了孕，然而遗腹子总是不见产生。到这里，故事已经完毕，结句说：

这时候，颇有些人来为大小姐二小姐说亲了。

这句话有点冷隽，见得后一代又将踏上前一代的道路，生男育女，盼男嫌女，重演那一套把戏，这样传递下去，真不知何年何代才休歇呢。我又有一篇小说叫作《风潮》，叙述中学学生因为对一个教师的反感，做了点越规行动，就有一个学生被除了名；大家的义愤和好奇心就此不可遏制，捣毁校具，联名退学，个个都自视为英雄。到这里，我的结尾是：

路上遇见相识的人问他们做什么时，他们用夸耀的声气回答道："我们起风潮了！"

这样结尾把全篇停止在最热闹的情态上，很有点儿力量，"我们起风潮了"这句话如闻其声，这里头含蓄着一群学生在极度兴奋时种种的心情。以上是我所写的两篇小说的结尾，现在附带提起，作为带有“余味”“余音”的例子。

结尾有回顾开头的一式，往往使读者起一种快感：好像登山涉水之后，重又回到原来的出发点，坐定下来，得以转过头去温习一番刚才经历的山水一般。极端的例子是开头用的什么话结尾也用同样的话。如林嗣环的《口技》，开头说：

> 京中有善口技者，会宾客大宴，于厅事之东北隅施八尺屏幛，口技人坐屏幛中，一桌、一椅、一扇、一抚尺而已。

结尾说：

> 忽然抚尺一下，众响毕绝。撤屏视之，一人、一桌、一椅、一扇、一抚尺而已。

前后同用“一桌、一椅、一扇、一抚尺而已”，把设备的简单冷落反衬口技表演的繁杂、热闹，使人读罢了还得凝神去想。如果只写到“忽然抚尺一下，众响毕绝”，虽没有什么不通，然而总觉得这样还不是了局呢。

句子的安排

句子是文章的较大的单位。文章的研究，方面很多，从一句句的句子来考察，也是重要的着手方法。

句子的构造，大家从小学时代就学习。只要是懂得文法ABC的人，即会知道句子的成分和构造的式样。可是文法上讲句子是以独立的句子为对象的。从文章中把一句句的句子提了出来，说明它构造怎样，属于什么句式，合乎哪些律令，哪一部分是主语，哪一部分是述语，诸如此类，是文法所讨论的项目。至于一句句子摆入文章里面去是否妥当，在什么条件之下才合拍，是一概不管的。原来，文法上的句子和文章中的句子，研究目标彼此不同。从文法上看来毫无毛病的句子，摆入文章中去并不一定就妥帖。例如这里有两句句子：

三月廿九日七十二烈士在广州殉难。

革命军于十月十日起义于武昌。

这两句句子，在文法上是毫不犯律令的，我们如果在文章里把它连结起来，照一般的情形看，却不免有问题。

三月廿九日七十二烈士在广州殉难；

革命军于十月十日起义于武昌。……（甲）

连读起来，觉得两句句子各自独立，并未串成一气。本来有关系、相类似的事情，也像互相龃龉格格不相入了。如果把句子的式样改变，安排像下面各式，就不会有原来的毛病。例如：

三月廿九日七十二烈士在广州殉难；

十月十日革命军在武昌起义……（乙）

七十二烈士于三月廿九日在广州殉难；

革命军于十月十日在武昌起义……（丙）

乙丙两式比甲式调和，是显而易见的。由此可知，文法上通得过的句子，摆入文章中去看，因上文下文的情形，也许会通不过。要补救这毛病，唯一的方法是改变句式，使它合乎上文或下文的情形。

同是一句话，可有好几种的说法，所以一句句子可有种种的构造式样。越是成分复杂的句子，可变化的式样也越多。例如：

人来
来的是人　　　　甲
猫捉老鼠
猫是捉老鼠的
老鼠是猫捉的
猫所捉的是老鼠
老鼠被猫捉
捉老鼠的是猫　　乙

甲组句子的成分简单，可成两种句式，乙组就比较复杂，句式加多了。一组里面的句子，如果严密地吟味起来，意义并不完全一样，“人来”句是就了“人”而说他“来”，“来的是人”句是就了“来的”事物而说他“是人”。说话的方向、观点彼此不同，这是应该首先知道的。

依照这方法，把开端所引的两个例句改变种种的式样来看：

七十二烈士于三月廿九日殉难于广州。……（甲）

三月廿九日是七十二烈士在广州殉难的日子。……（乙）

广州是三月廿九日七十二烈士殉难的地方。……（丙）

三月廿九日在广州殉难的是七十二烈士。……（丁）

七十二烈士在广州殉难是三月廿九日。……

（戊）

革命军于十月十日在武昌起义。……（甲）

十月十日是革命军在武昌起义的日子。……

（乙）

武昌是十月十日革命军起义的地方。……

（丙）

十月十日在武昌起义的是革命军。……（丁）

革命军在武昌起义是十月十日。……（戊）

为避繁计，上面只各写出五种句式。就这两组的句子加以吟味，彼此结合起来的时候，最自然最便当的是甲和甲，乙和乙，丙和丙，丁和丁，戊和戊的格式。此外尚有各种错综的结合方式，如甲和乙，戊和乙等等。这些错综的句式，在平常的情形之下颇不自然妥帖，在相当的条件下才适当。例如，戊和乙的结合：

七十二烈士在广州殉难是三月廿九日；十月十日是革命军在武昌起义的日子。

这结合照平常的情形看来是很不自然的。如果前面尚有文句，情形像下面的时候，也并不会觉得不自然。例如：

> “十月十日是七十二烈士在广州殉难的日子吗？”
>
> “七十二烈士在广州殉难是三月廿九日；十月十日是革命军在武昌起义的日子。”

在这段对话里，本来不大适当的句子，居然也可以通得过去，并不觉得有什么勉强的地方了。从此类推开去，只要情形条件相当，任何结合方式都可用，反之，便任何结合方式都不对。换句话来说，一句句子在文章里安排得好不好，问题不只在句子本身，还要看上下文的情形或条件。

写作文章，句子的安排是一种值得留意的功夫。要句子安排得适当，第一步是各种句式的熟习。一句句子摆上去，如果觉得不对，就得变更别种样式的句子来试，再不对，就得再变更样式来再试，直到和上下文适合才止。越是熟习句式的人越能应用这方法。犹之下棋的名手能用有限的棋子布出各种各样的阵势，去应付各种各样的局面。

句式熟习以后，能自由把句子改变种种形状了，才可以讲到安排。安排的原则是谐和。一句句子和全篇文章许多句子能不冲突，尤其和上下文能合拍，这就是谐和的现象。要分别谐和不谐和，最好的方法是读。不论是别人所写的文章或是自己所写的文章。句子上如有毛病，只用眼睛来看不容易看出来，读下去才会自然发见。我所谓读，不一定要高声唱念，低声读或在心里默读也可以。就普通人的读书习惯来说，看和默读的两种工作是在同时进行的。古人练习写作，唯一的功夫就是读，读和写有密切的关系。文章的秘奥要用读的功夫才能发掘。“吟”字对于诗有伟大的效用是颠扑不破的事实。所谓“吟”，无非最讲究最仔细的读法而已。

句子的安排以谐和为原则，谐和与否的识别方法是读。所谓的安排就是调子问题。一句句子摆入文章里去，和上下文连结了读起来，调子适合的就是谐和，否则就是不谐和。关于句子的安排，自古未曾有人说过具体的方法。写文章的人在推敲时所依据的，只是笼统的个人的经验和习惯罢了。

以下试就我个人平日所关心的方面，来提出几件可注意的事项。

第一，留心于句子的“单”“排”。文章之中，有些是句句独立的，这句和那句并无关涉，每句可以读断，自成一个起讫，这叫单句。有些是几句成为一串，不句句独立，读起来几句成为一个起讫，这叫排句。例如：

> 睡了一夜，爸爸清早就跑出去。我不到学校，帮助妈妈理东西。一会儿爸爸回来了，说租定了朋友人家一间楼面，同时把搬运夫也雇了来。
>
> ——叶圣陶《邻家》

依照圈点来计算，上例共三句。句句可以独立，和旁的句子并无对待的关系。这是单句。又如：

> 他有一双眼睛，但看的不很清楚；有两只耳朵，但听的不很分明；有鼻子和嘴，但他对于气味和口味都不很讲究；他的脑子也不小，但他的记性

却不很精明，他的思想也不很细密。

——胡适《差不多先生传》

这一串句子，情形就和前例不同，不能每句独立，要连读到底才能成一段落。所以中间不用“。”分割，只用“；”来隔开。这就是排句。一篇文章全部是单句或排句的并不多见，普通的文章里，往往有单句也有排句。又有一种句子，性质上只是一句，可是其中有一部分的成分却包含着许多同调子的分子。例如：

岸上四围的橘叶，绿的，红的，黄的，白的，一丛一丛的倒影到水中来。

——冰心《寄小读者·通讯七》

你发愁时并不一定要著书，你就读几篇哀歌，听一幕悲剧，借酒浇愁，也可大畅胸怀。

——朱光潜《谈动》

我的生活曾是悲苦的黑暗的。然而朋友们把多量的同情，多量的爱，多量的眼泪都分给了我。

——巴金《朋友》

这种句子，原是由排句转变来的，如果把其中的成排的成分抽出来使它——独立，就可造成一串的排句，如“朋友们把多量的同情，多量的爱，多量的眼泪都分给了我”一句分解起来，就得下面的排句了：

朋友们把多量的同情分给了我；把多量的爱分给了我；把多量的眼泪分给了我。

所以形式上虽然是单句，也可做排句看。

就普通的情形说，单句间忌用同一的字面，同一的句调。整篇文章之中，要全然避去同字面、同句调，原是不可能。不过，在同一行内或附近的地方，最好不使有同字面、同句调出现，否则就不容易谐和。例如：

烟酒都是要中毒的。我们吸烟饮酒，如果不加节制，我们的血液就要中毒的。这是非注意不可的。

×君××乡人，是一个很聪明的人。他的父亲是一个工人，对他期望很殷，苦心培植他，期望他将来是一个有出息的人。

上面两个例都是逐句在文法上并无毛病，而实际不谐和的。第一例“要中毒的”见两处，句末用“的”字见三处。第二例句末用“人”字见四处，“是一个……人”见三处。只要全体通读起来，就会发现重复隔阂的缺点，补救的方法，唯有把原来重复的字面、句法改换数处。改换的方式是多种多样的，下面所列的只是其中的一种改换法，删节原文处加括弧，换字处加黑点标出：

烟酒都是要中毒的。我们吸烟饮酒如果不加节制，（我们的）血液就要中毒（的）。这是非注意不可的事情。

×君，××乡人，（是一个）很聪明（的人）。他的父亲是一个工人，对他期望很殷，苦心培植他，（期）希望他（将来是）成为（一个）有出息的人物。

经过这样改换，原来的毛病已经除去，比较谐和得多了。

同字面、同句调在单句里应该力避，因了上面的引例已很明白了。可是在排句里，却不必忌用同字面或同句调。排句里面的同字面、同句调，读去并不会觉得不谐和。例如：

我们同住的三五个人就把白鲁威当作一个深山道院，巴黎是绝迹不去的，客人是一个不见的，镇日坐在一间开方丈把的屋子里头，傍着一个不生不灭的火炉，围着一张亦圆亦方的桌子，各人埋头埋脑做各自的功课。

——梁启超《欧游心影录·楔子》

朋友，闲愁最苦。愁来愁去，人生还是那么样一个人生，世界也还是那么样一个世界。假如把你自己看得伟大，你对于烦恼当有不屑的看待，假如把你自己看得渺小，你对于烦恼当有不值得的看待。我劝你多打网球，多弹钢琴，多栽花，多搬弄砖瓦。

——朱光潜《谈动》

上面两个例里，各有同字面、同句调，我们读起来并不觉得有什么阻碍，仍是很谐和的。这种例子，从来的名文里可常见到，欧阳修的《醉翁亭记》每节末句都用“也”字结尾，屈原的《离骚》，结尾都用“兮”字，就是好例。总之，成排的句子，字面、句调可以不嫌重复。所谓成排有各种的排法，上面所举的例都是排成一处，排句叠在上下的，其实，相隔若干距离也可成排，这时字面、句调相同也无损于谐和。例如《旧约·创世记》开端叙上帝创造万物共分六节，每节的起句都是“上帝说”，结末都用“这是第 × 日”就是。排句里不但不忌同字面、同句调，而且还以用同字面、同句调为宜，上面所引各例如果依了单句的办法，把同字面、同句调改换，反不谐和了。

一篇文章不能全用一种样式的排句来写，有时须转换成单句或别种样式的排句。换句话说，排句也得有完结改变的时候。冗长的呆板的排列，如果不在相当的地方加以变化，读起来也很不便，有碍于谐和。从来的作者对这种方面都很注意。例如前面所引胡适的《差不多先生传》里的一段：

> 他有一双眼睛，但看的不很清楚；有两只耳朵，但听的不很分明；有鼻子和嘴，但他对于气味和口味都不很讲究；他的脑子也不小，但他的记性却不很精明，思想也不很细密。

这里面写“眼睛”和“耳朵’是同调子的，写“鼻子”和“嘴”是改变句法了，写“脑子”又改变了一次句法。倘若照开始的句法一直写下去，也并非不可以，不过究竟没有原文样的谐和。这里面有着作者的技巧。又如：

通计一舟，为人五，为窗八，为箬篷，为楫，为炉，为壶，为手卷，为念珠各一；对联，题名并篆文，为字共三十有四。

——魏学洢《核舟记》

这一段句子，成排而不呆板，锤炼的苦心历历可见。韩愈的那一篇《画记》，在句子安排上是向被推为典型的作品的，可以参看。

句子的安排，因句子“单”“排”而不同。这是就句子本身的性质说的。第二，应当注意的是句中所用的辞类的字数。我们的文字是方块字，可以用一个字来做一个辞儿，也可以用两个或三个、四个字来做一个辞儿，就一个“书”字说吧，英文里只有 book 一语，我们就有“书”“书籍”“书本”等等的说法。为了句调关系，有时可以通用，有时这里用着的，那里用了就读起来不便。例如：

你在读书吗？

书店是以刊行书籍为业的。

书本知识一出校门就无用处。

这三句话里的“书”“书籍”“书本”如果彼此互换，不是句调不顺，就是意义不合。这在文法上毫无理由可说，只可委之于习惯。在我国文字语言的习惯上，字数的奇偶很有问题。不论动词或名词，用在句子里，有时一个字就可以了，有时非加上一字拼成两个字就不合拍。例如：

笔砚精良，人生一乐。

闺房乐事有甚于画眉者。

“人生一乐”改作“人生一乐事”，“闺房乐事”改作“闺房乐”，读起来都不谐和，但倘若变更字数，改成：

笔砚精良，人生乐事。

闺房之乐有甚于画眉者。

似乎就通得过去了。由此可知，每个辞儿所含的字数，和句的谐和不谐和有重大关系。我国的辞类有许多是双字的，如：

聪明　正直　房屋　衣服　器具　事情　行为　议论　快乐　归还　嗜好

这些辞类，都把同义字凑成双数，大部分是古来的人为了谈话和写作上的便宜制成的。

除上面所举的同义字以外，为了调节句调起见，还有别种加字的方法。介词“之”“的”，是常被用来做这调节的工具的。例如“王道”，读去很顺口，“先王道”就不顺口了，这时一般就加一个“之”字变成“先王之道”。“我家”是顺口的，“我家庭”就不顺口了，这时一般就加一个“的”字，变成“我的家庭”。此外还有种种加字的式样，如：

鞋子　帽子　刀子（加子字）

鞋儿　帽儿　刀儿（加儿字）

斧头　件头　话头（加头字）

船只　纸张　银两（加单位字）

看看　走走　谈谈（加叠字）

这些双字的辞儿，若论意义，和单字的无大不同，可是在字数上却有奇偶的分别，因了句子的情形，有时应用单字，有时应用双字。例如：

请到我家里去坐坐。

我有事想和你谈谈。

关吏检查船只。

防止私运银两。

倘若把附加的字除去，念起来都不如原文谐和。反之，应该用单字的时候，用双字的辞儿也不妥当。

辞儿的字数可以影响到整句的字数，一句句子的字数，除诗歌韵文等外，原不必有一定的限制，但求念去读去谐和就够了。懂得字数的增减法，在造句的时候比较便宜得多。

至于句的字数应怎样增减，到了怎样程度才算适当，这也说不出什么标准，唯一的方法仍是读。欧阳修的《昼锦堂记》的开端是“仕宦而至将相，富贵而归故乡”。据说当时写成的时候，是“仕宦至将相，富贵归故乡”。稿子已差人骑马送出了，经过了一会，忽然叫人用快马把那人追回，在开端两句里加添两个“而”字。这是相传的一个轶事，从来文章家对于一字增损的苦心，由此可以想见了。试取句调很好的名文一篇，逐句在文法许可的范围内，增加一字或减去一字，诵读起来就会觉得不若原来的谐和，可知原来的句子都是经过推敲，并非偶然的。

关于句子的安排，除上面所说的句式、字面和字数诸项以外，可考究的方面当然还有。并且对于这诸项，我所提出的都很粗显，并未涉及精密的探讨。有志写作文章的读者如果因了我这小小的示唆，引起兴味，留心到这些方面，也许在文章的阅读和写作上是一件有益的事。

句子的安排以谐和为原则，只合文法上的律令还是不够。话虽如此，文法上的律令究竟不失为起码的条件。凡是句子，第一步该合乎文法。古人尽有为了谐和而牺牲文法上的律令的事，如因为字须取偶数，把“司马迁”“诸葛亮”无理地腰斩，改为“马迁”“葛亮”（见刘知几《史通》）。明明应该说“孤臣坠涕，孽子危心”的，因为怕平仄不谐，硬把它改作“孤臣危涕，孽子坠心”（见江淹《恨赋》）。此外如杜甫的“香稻啄残鹦鹉粒，碧梧栖老凤凰枝”（照理应是“鹦鹉啄残香稻粒，凤凰栖老碧梧枝”）之类，也是为了谐和而牺牲文法的律令的好例。这种情形近乎矫揉造作，在从前的骈文和诗里也许可以原谅，依现代人的眼光看来，究竟是魔道，不足为法。这是应该注意的。

好文章是改出来的

……

修改是怎么一回事 / 谈文章的修改

把稿子念几遍 / 平时的积累

修改是怎么一回事

写完了一篇东西，看几遍，修改修改，然后算数，这是好习惯。工作认真的人，写东西写得比较好的人，大都有这种好习惯。语文老师训练学生作文，也要在这一点上注意，教学生在实践中养成这种好习惯。

修改究竟是怎么一回事呢?

从表面看，自然是检查写下来的文字，看有没有不妥当的地方，如果有，就把它改妥当。但是文字是语言的记录，语言妥当，文字不会不妥当，因此，需要检查的，其实是语言。

怎样的语言才妥当，怎样的语言就不妥当呢？这要看有没有充分地确切地表达出所要表达的意思（也可以叫思想），表达得又充分又确切了，就是妥当，否则就是不妥当，需要修改。这样寻根究底地一想，就可见需要检查的，其实是意思；检查过后，认为不妥当需要修改的，其实是意思。

这本来是自然的道理，可是很有些人不领会。常听见有人说“这篇东西基本上不错，文字上还得好好修改”。好像文字和意思是两回事，竟可以修改文字而不变更意思似的。实际上哪有这样的事？凡是修改，都由于意思需要修改，一经修改就变更了原来的意思。

譬如原稿上几层意思是这样排列的，检查过后，发觉这样排列不妥当，须得调动一下，做那样排列，这不是变更了原来的意思的安排吗？

譬如原稿上有这一层意思，没有那一层意思，检查过后，发觉这一层意思用不着，应该删去，那一层意思非有不可，必须补上，这不是增减了原来的意思的内容吗？增减内容就是变更意思。

譬如原稿上用的这个词，这样的句式，这样的接榫，检查过后，发觉这个词不贴切，应该用那个词，这样的句式和这样的接榫不顺当，应该改成那样的句式和那样的接榫，这不是变更了原来的词句吗？词句需要变更，不为别的，只为意思需要变更。前边说的不贴切和不顺当，都是指意思说的。你觉得用“发动”这个词不好，要改“推动”，你觉得某地方要加个“的”字，某地方要去个“了”字，那是根据意思决定的。

说到这儿，似乎可以得到这样的理解：修改必然会变更原来的意思，不过变更有大小的不同，大的变更关涉到全局，小的变更仅限于枝节，也就是一词一句。修改是就原稿再仔细考虑，全局和枝节全都考虑到，目的在尽可能做到充分地确切地表达出所要表达的意思。实际情形不是这样吗？

这样的理解很关重要。有了这样的理解，对修改就不肯草率从事。把这样的理解贯彻在实践中，才真能养成修改的好习惯。

谈文章的修改

有人说，写文章只该顺其自然，不要在一字一语的小节上太多留意。只要通体看来没有错，即使带着些小毛病也没关系。如果留意了那些小节，医治了那些小毛病，那就像个规矩人似的，四平八稳，无可非议，然而也只成个规矩人，缺乏活力，少有生气。文章的活力和生气全仗信笔挥洒，没有拘忌，才能表现出来。你下笔，多所拘忌，就把这些东西赶得一干二净了。

这个话当然有道理，可是不能一概而论。至少学习写作的人不该把这个话作为根据，因而纵容自己，下笔任它马马虎虎。

写文章就是说话，也就是想心思。思想，语言，文字，三样其实是一样。若说写文章不妨马虎，那就等于说想心思不妨马虎。想心思怎么马虎的？养成了习惯，随时随地都马虎地想，非但自己吃亏，甚至影响到社会，把种种事情弄糟。向来看重“修辞立其诚”，目的不在乎写成什么好文章，却在乎决不马虎地想。想得认真，是一层。运用相当的语言文字，把那想得认真的心思表达出来，又是一层。两层功夫合起来，就叫作“修辞立其诚”。

学习写作的人应该记住，学习写作不单是在空白的稿纸上涂上一些字句，重要的还在乎学习思想。那些把小节小毛病看得无关紧要的人大概写文章已经有了把握，也就是说，想心思已经有了训练，偶尔疏忽一点，也不至于出什么大错。学习写作的人可不能与他们相比。正在学习思想，怎么能稍有疏忽？把那思想表达出来，正靠着一个字都不乱用，一句话都不乱说，怎么能不留意一字一语的小节？一字一语的错误就表示你的思想没有想好，或者虽然想好了，可是偷懒，没有找着那相当的语言文字：这样说来，其实也不能称为“小节”。说毛病也一样，毛病就是毛病，语言文字上的毛病就是思想上的毛病，无所谓“小毛病”。

修改文章不是什么雕虫小技，其实就是修改思想，要它想得更正确，更完美。想对了，写对了，才可以一字不易。光是个一字不易，那不值得夸耀。翻开手头一本杂志，看见这样的话："上海的住旅馆确是一件很困难的事，廉价的房间更难找到，高贵的比较容易，我们不敢问津的。"什么叫作"上海的住旅馆"？就字面看，表明住旅馆这件事属于上海。可是上海是一处地方，决不会有住旅馆的事，住旅馆的原来是人。从此可见这个话不是想错就是写错。如果这样想："在上海，住旅馆确是一件很困难的事"，那就想对了。把想对的照样写下来："在上海，住旅馆确是一件很困难的事"，那就写对了。不要说加上个"在"字去掉个"的"字没有多大关系，只凭一个字的增减，就把错的改成对的了。推广开来，几句几行甚至整篇的修改也无非要把错的改成对的，或者把差一些的改得更正确，更完美。这样的修改，除了不相信"修辞立其诚"的人，谁还肯放过？

思想不能空无依傍，思想依傍语言。思想是脑子里在说话——说那不出声的话，如果说出来，就是语言，如果写出来，就是文字。朦胧的思想是零零碎碎不成片段的语言，清明的思想是有条有理组织完密的语言。常有人说，心中有个很好的思想，只是说不出来，写不出来。又有人说，起初觉得那思想很好，待说了出来，写了出来，却变了样儿，完全不是那回事了。其实他们所谓很好的思想还只是朦胧的思想，就语言方面说，还只是零零碎碎不成片段的语言，怎么说得出来，写得出来？勉强说了写了，又怎么能使自己满意？那些说出来写出来有条有理组织完密的文章，原来在脑子里已经是有条有理组织完密的语言——也就是清明的思想了。说他说得好写得好，不如说他想得好尤其贴切。

因为思想依傍语言，一个人的语言习惯不能不求其好。坏的语言习惯会牵累了思想，同时牵累了说出来的语言，写出来的文字。举个最浅显的例子。有些人把“的时候”用在一切提冒的场合，如谈到物价，就说“物价的时候，目前恐怕难以平抑”，谈到马歇尔，就说“马歇尔的时候，他未必真个能成功吧”。试问这成什么思想，什么语言，什么文字？那毛病就在于沾染了坏的语言习惯，滥用了“的时候”三字。语言习惯好，思想就有了好的依傍，好到极点，写出来的文字就可以一字不易。我们普通人难免有些坏的语言习惯，只是不自觉察，在文章中带了出来。修改的时候加一番检查，如有发现就可以改掉。这又是主张修改的一个理由。

把稿子念几遍

写完一篇东西，念几遍，对修改大有好处。

报社杂志社往往接到一些投稿，附有作者的信，信里说稿子写完之后没心思再看，现在寄给编辑同志，请编辑同志给看一看，改一改吧。我要老实不客气地说，这样的态度是要不得的。写完之后没心思再看，这表示对稿子不负责任。请编辑同志给看一看，改一改，这表示把责任推到编辑同志身上。编辑同志为什么非代你担负这个责任不可呢？

我们应该有个共同的理解，修改肯定是作者分内的事。

有人说，修改似乎没有止境，改了一遍两遍，还可以改第三遍第四遍，究竟改到怎样才算完事呢？我想，改到自己认为无可再改，那就算尽了责任了。也许水平高的人看了还可以再改，但是我没有他那样的水平，一时要达到他的水平是勉强不来的。

修改稿子不要光是“看”，要“念”。就是把全篇稿子放到口头说说看。也可以不出声念，只在心中默默地说。一路念下去，疏忽的地方自然会发现。下一句跟上一句不接气啊，后一段跟前一段连得不紧密啊，词跟词的配合照应不对头啊，句子的成分多点儿或者少点儿啊，诸如此类的毛病都可以发现。同时也很容易发现该怎样说才接气，才紧密，才对头，才不多不少，而这些发现正就是修改的办法。

曾经问过好些人，有没有把稿子念几遍的习惯，有没有依据念的结果修改稿子的习惯。有人说有，有人说没有。我就劝没有这种习惯的人不妨试试看。他们试了，其中有些人后来对我说，这个方法有效验，不管出声不出声，念下去觉得不顺当，顿住了，那就是需要修改的地方，再念几遍，修改的办法也就来了。

这是很容易理解的。念下去顺当，就因为语言流畅妥帖，而语言流畅妥帖，也就是意思流畅妥帖。反过去，念下去不顺当，必然是语言有这样那样的疙瘩，而语言的任何疙瘩，也就是意思上的疙瘩。写东西表达意思，本来跟说一番话情形相同，所不同的仅仅在于说话用嘴，写东西用笔。因此，用念的办法——也就是用说话的办法来检验写成的稿子，最为方便而且有效。

古来文章家爱谈文气，有种种说法，似乎很玄妙。依我想，所谓文气的最实际的意义无非念下去顺当，语言流畅妥帖。念不来的文章必然别扭，就无所谓文气。现在我们不谈文气，但是我们训练学生说话作文，特别注重语言的连贯性，个个词要顺当，句句话要顺当，由此做到通体顺当。这跟古人谈文气其实相仿。语言的连贯性怎样，放到口头去说，最容易辨别出来。修改的时候“念”稿子大有好处，理由就在这里。

平时的积累

写任何门类的东西，写得好不好，妥当不妥当，当然决定于构思、动笔、修改那一连串的工夫。但是再往根上想，就知道那一连串的工夫之前还有许多工夫，所起的决定作用更大。那许多工夫都是在平时做的，并不是为写东西作准备的，一到写东西的时候却成了极关重要的基础。基础结实，构思、动笔、修改总不至于太差，基础薄弱，构思、动笔、修改就没有着落，成绩怎样就难说了。

写一篇东西乃至一部大著作虽然是一段时间的事，但是大部分是平时的积累的表现。平时的积累怎样，写作时候的努力怎样，两项相加，决定写成的东西怎样。

现在谈谈平时的积累。

举个例子，写东西需要谈到某些草木鸟兽的形态和生活，或者某些人物的状貌和习性，是依据平时的观察和认识来写呢，还是现买现卖，临时去观察和认识来写呢？回答大概是这样：多半依据平时的观察和认识，现买现卖的情形有时也有，但是光靠临时的观察和认识总不够。因为临时的观察认识不会怎么周到和真切。达到周到和真切要靠日积月累。日积月累并不为写东西，咱们本来就需要懂得某些草木鸟兽，熟悉某些人物的。而写东西需要谈到那些草木鸟兽那些人物，那日积月累的成绩就正好用上了。一般情形不是这样吗？

无论写什么东西，立场观点总得正确，思想方法总得对头。要不然，写下来的决不会是有意义的东西。正确的立场观点是从斗争实践中得来的。立场观点正确，思想方法就容易对头。这不是写东西那时候的事，而是整个生活里的事，是平时的事。平时不错，写东西错不到哪儿去，平时有问题，写东西不会没有问题。立场观点要正确，思想方法要对头，并不为写东西，咱们在社会主义社会里做公民本来应当这样。就写东西而言，唯有平时正确和对头，写东西才会正确和对头。平时正确和对头也就是平时的积累。

写东西就得运用语言。语言运用得好不好，在于得到的语言知识确切不确切，在于能不能把语言知识化为习惯，经常实践。譬如一个词或者一句成语吧，要确切地知道它的意义而不是望文生义，还要确切地知道它在哪样的场合才适用，在哪样的场合就不适用，知道了还要用过好些回，回回都得当，才算真正掌握了那个词或者那句成语。这一批词或者成语掌握了，还有其他的词或者成语没掌握。何况语言知识的范围很广，并不限于词或者成语方面。要在语言知识的各方面都有相当把握，显然不是一朝一夕的事，非日积月累不可。积累得多了，写东西才能运用自如。平时的积累并不是为了此时此刻要写某一篇东西，而是由于咱们随时要跟别人互通情意，语言这个工具本来就必须掌握好。此时此刻写某一篇东西，语言运用的得当，必然由于平时的积累好。

写东西靠平时的积累，不但著作家、文学家是这样，练习作文的小学生也是这样。小学生今天作某一篇文，其实就是综合地表现他今天以前知识、思想、语言等等方面的积累。咱们不是著作家、文学家，也不是小学生，咱们为了种种需要，经常写些东西，情形当然也是这样。为要写东西而注意平时的积累，那是本末倒置。但是知识、思想、语言等等方面本来需要积累，不写东西也需要积累，但是所有的积累，正是写东西的极重要的基础。

文章的“好”与“不好”

要写得便于听 / 写东西有所为

“通”与“不通” / “好”与“不好”

“上口”与“入耳” / 准确 · 鲜明 · 生动

要写得便于听

报纸不仅是用眼睛看的。一个人用眼睛看用嘴读，另外一些人不用眼睛看只用耳朵听，也就知道报纸上的新闻、通讯、社论、特写说的是什么。一个人的读代替了好些人的看，这是个协作互助的办法。

读报是咱们生活里的经常事儿。还没完全脱盲的人，自己看报不怎么顺当，人家给他读一读，花费时间就少些，理解也透彻些。在劳动工地上，在机关团体的办公室里，休息时间到了，大家急于知道当天报纸上的重要消息和重要文章，可是报纸只有一份，归谁先看好呢？一个人挑重要的读一读，大家静心听一听，就等于所有在场的人同时看了报。这个办法不是咱们经常采用的吗？

咱们又随时开收音机听广播。国内国际的新闻报道，某工厂某公社先进的经验，某某大会实况的转播，还有文艺作品的朗诵，音乐戏曲的介绍分析，名目繁多，说也说不尽。咱们听广播其实也是看报，不过不用眼睛看而用耳朵听，听跟看完全一样，都能知道必要知道的或者乐于知道的许多事物。

既然听是那么重要，报纸的一切稿子，广播的一切稿子，就得经常注意，要写得便于听。便于听，是报纸读者和广播听众的要求。报社和广播电台要服务得好，必须满足读者和听众的这个要求。

稿子有便于听和不便于听的分别吗？

对于这个，要数广播员同志知道得最清楚了。他们日也广播，夜也广播，由于说得熟练，养成了听的敏感。一篇稿子拿到手里，他们就能发觉某些地方听起来有点儿障碍，该怎样说才没有障碍，凡是可以改动的稿子，他们往往建议改动。咱们听读报，听广播，也有一些经验。有时候听得完全明白，好像看了书面的文字一样。有时候心里一愣，不明白听到的话什么意思，又不便仔细揣摩，因为读报的人广播的人并不等咱们，一揣摩，以下的话就滑过去了。这就说不上完全听明白。可见便于听和不便于听的分别显然是有的。

写稿子只顾到用眼睛看，没顾到用嘴读用耳朵听，写成的稿子就可能不便于听。只顾到用眼睛看，语句繁复点儿累赘点儿就无所谓，一遍看不明白，再看一两遍就明白了。只顾到用眼睛看，就不免过分地依靠标点符号，一句话里要加入些解释的部分，来个破折号就解决了，一句话里有三层意思，用两个分号一个句号就算交代清楚了。只顾到用眼睛看，并列的几件事物写在一块儿，可以不管说法是不是整齐一致，音节是不是匀称顺当，反正字写在纸上，人家看了总能明白。只顾到用眼睛看，有时候找不到恰当的词就来杜撰，好在单个汉字是有意义的，拿大致用得上的两个字三个字凑在一块儿，也可以叫人家意会了。咱们从听的方面着想，前边说到的几种情形都可能是听的时候的障碍。听只听一遍，听了前一句还要听后一句，听了前一段还要听后一段，繁复累赘的语句可能成为听的人理解上的疙瘩。标点符号是听不出来的，听得出来的是语气和停顿，要是使用的标点符号跟语气和停顿不相应，可能使听的人感到别扭。并列的几件事物排在一块儿说，说法要一样，音节要协调，音节少的在前，音节多的在后，这是咱们说话的传统习惯。不顾到这个习惯，你以为写的是并列的几件事物，可能使听的人认为并非并列的几件事物。几个单个汉字拼凑成功的杜撰的词，听的时候可能完全不知道是哪几个字，因而完全不知道这个词表示什么意义。

如果写稿子顾到用嘴读、用耳朵听，情形就不同了。顾到听，就会要求写下来的稿子能够读。稿子哪有不能够读的？按稿子上写的字一个个念出声来，什么稿子都能够读。这儿说的能够读，是要念下去顺当流畅，语气和音节非常自然，跟平时说话一样，没有含糊的不确切的词语，没有啰嗦的不起作用的词语，这才叫能够读。咱们常常听人说某一类文章只能够看不能够读，或者说某人的文章只能够看不能够读，可见放到嘴上去检验，能够读不能够读确然有分别。要求写下来的稿子能够读，同时就是顾到听，因为能够读的文章就是便于听的文章。

稿子写完就算数，当然不是妥当的办法。念几遍，看看是不是能够读，大概是必要的。有好些朋友听了这个话，亲自试验了。他们说，的确有道理，一顾到读，一遍又一遍，就改动了不少地方，原来在先是只顾到看，没顾到读和听。一顾到读和听，在先写得不怎么妥当的地方就显出来了，该怎么改动也好像就在口头，就在笔端，不用费多大劲儿就能够抓住似的。

譬如说一件事情发生的时间，咱们常常用“在……的时候”的方式，安在句子的开头，下边才说那件事情怎么样。有时候说明时间需要很多话，似乎全都不能省，就一股脑儿写下来，在“在”和“的时候”之间插入了几十个字。又如除开某部分专说另外的部分，咱们常常用“除……外”的方式，安在句子的开头，下边才说另外的部分。有时候说明那除开的部分需要很多话，似乎全都不能省，就一股脑儿写下来，在“除”和“外”之间插入了几十个字。诸如此类的情形，只顾到用眼睛看，觉得没有什么。用嘴一读，可就觉得有点儿不顺当了。“的时候”距离“在”太远了，“外”距离“除”太远了，好像彼此照顾不到似的，语气有点儿不连贯似的。尤其是那么长的“在……的时候”和“除……外”还不是主要的话，主要的话还在后头。要是主要的话倒并不长，就有小脑袋戴大帽子的感觉，要是主要的话也很长，即使组织严密，关系分明，读起来也够吃力的了。读起来觉得如此，听起来怎么样就可想而知。于是咱们着手改动，或者改换方式，或者精简一些可说可不说的话，做到读起来顺当不吃力为止。读起来顺当不吃力，那就便于听了。

说长句不该用，谁也知道这是武断。意思有那么多，短句哪里容纳得下？但是，为了能够读，便于听，似乎可以这么说：尽量少用长句，凡是能够分为几句而不损害意思和情态的长句尽量分。此外似乎还可以像用钱一样坚持节约，使长句变得短些。用钱是可用可不用者不用，咱们写稿子也来个节约，无论一个形容语，一个插语，一个“了”字或者“着”字，可写可不写者不写。要检查出什么地方可以节约，应该节约，最便利的方法是用嘴读。讲究节约的稿子，干净利落，那就便于听了。

语句里的动词跟宾语和动词跟补语之类，前后呼应的连词跟连词和连词跟副词之类，咱们下笔的时候偶尔疏忽，会成为结构不配合，前后不呼应。用嘴一读，疏忽之处就检查出来了。咱们平时养成的这种习惯好比勘察器，凭这种勘察器，哪儿不配合，哪儿不呼应，很难躲得过去。还有一些勉强凑合的杜撰的词，不自觉地漏出来的方言土语，只要放到嘴上一读，自己就觉得拗口。再替别人想想，别人听到这些地方，准会只听见声音，不明白什么意思。于是咱们着手改动，结果不配合的配合了，不呼应的呼应了，拗口的不拗口了，读下去像活泼的流水一样，听起来也就很顺当而没有障碍了。

写这篇短文的动机是从听读报、听广播引起的，意思很浅薄，可也表达了读者和听众的殷切的期望。恳请执笔的同志们指教。

写东西有所为

写东西，全都有所为。如果无所为，就不会有写东西这回事。

有所为有好的一面，有不好的一面。咱们自然该向好的一面努力，对于不好的一面，就得提高警惕，引以为戒。

譬如写总结，是有所为，为的是指出过去工作的经验教训和今后工作的正确途径，借此推进今后的工作，提高今后的工作。譬如写通信报道，是有所为，为的是使广大群众知道各方面的实况，或者是思想战线方面的，或者是生产战线方面的，借此提高大家的觉悟，鼓动大家的干劲。譬如写文艺作品，诗歌也好，小说故事也好，戏剧曲艺也好，都是有所为，为的是通过形象把一些值得表现的人和事表现出来，不仅使人家知道而已，还能使人家受到感染，不知不觉中增添了前进的活力。要说下去还可以说许多。

就前边所举的来看，这些东西都是值得写的，所为的都是对社会主义革命社会主义建设有好处的。从前有些文章家号召“文非有益于世不作”。现在咱们也应该号召“文非有益于世不作”，当然，咱们的“益”和“世”跟前人说的不同。咱们写东西为的是有益于社会主义之世。

所为的对头了，跟上去的就是尽可能写好。还用前边所举的例子来说，写成的总结的确有推进工作提高工作的作用，写成的通信报道的确把某方面的实况说得又扼要又透彻，写成的文艺作品的确有感染人的力量，就叫写好。有所为里头本来包含这个要求，就是写好。如果不用力写好，或者用了力而写不好，那就是徒然怀着有所为的愿望，结果却变成无所为了。

从前号召“文非有益于世不作”的文章家看不起两类文章，一类是八股文，一类是“谀墓之文”。这两类文章他们也作，但是他们始终表示看不起。作这两类文章，为的是什么呢？为要应科举考试，取得功名利禄，就必须作八股文。为要取得些润笔（就是稿费），或者要跟人家拉拢一下，就不免作些“谀墓之文”。

八股文什么样儿，比较年轻的朋友大概没见过。这儿也不必详细说明。八股文的题目有一定的范围，该怎样说也有一定的范围，写法有一定的程式。总之，要你像模像样说一番话，实际上可不要你说一句自己的真切的话。换句话说，就是要你像模像样说一番空话，说得好就可以考上，取得功名利禄。从前统治者利用八股文来笼络人，用心的坏就在此，八股精神的要不得也在此。现在不写八股文了，可是有“党八股”，有“洋八股”，这并非指八股文的体裁而言，而是指八股精神而言。凡是空话连篇，不联系实际，不解决问题，虽然不是八股文而继承着八股精神的，就管它叫“八股”。

“谀墓之文”指墓志铭、墓碑、传记之类。一个人死了，子孙要他不朽，就请人作这类文章。作文章的人知道那批子孙的目的要求，又收下了润笔，或者还有种种社会关系，就把一个无聊透顶的人写成足为典范的正人君子。这类文章有个共同的特点，满纸是假话。假话不限于“谀墓之文”，总之假话是要不得的。

从前的文章家看不起八股文和“谀墓之文”，就是不赞成说空话说假话，这是很值得赞许的。但是他们为了应试，为了润笔，还不免要写他们所看不起的文章，这样的有所为，为的无非“名利”二字，那就大可批评了。现在咱们写东西要有益于社会主义之世，咱们的有所为，为的唯此一点。如果自己检查，所为的还有其他，如“名利”之类，那就必须立即把它抛弃。唯有这样严格地要求自己，才能永远不说空话假话，写下来的东西才能多少有益于社会主义之世。

“通”与“不通”

讲到一篇文章，我们常常用“通”或“不通”的字眼来估量。在教师批改习作的评语里，这些字眼也极易遇见。我们既具有意思情感，提笔写作文章，到底要达到怎样的境界才算得“通”？不给这“通”字限定一个界域，徒然“通”啊“不通”啊大嚷一通，实在等于空说。假若限定了“通”字的界域，就如做其他事情一样定下了标准，练习的人既有用功的趋向，评判的人也有客观的依据。同时，凡不合乎这限定的界域的，当然便是“不通”。评判的人即不至单凭浑然的感觉，便冤说人家“不通”；而练习的人如果犯了“不通”的弊病，自家要重复省察，也不至茫无头绪。

从前有一些骄傲的文人，放眼当世文坛，觉得很少值得称数的人，便说当世“通”人少极了，只有三五个；或者说得更少，就只有一个——这一个当然是自己了。这些骄傲的文人把个“通”字抬得那么博大高深，决不是我们中学生作文的标准。我们只须从一般人着想，从一般人对自己的写作能力的期望着想，来限定“通”字的界域，这样的界域就很够我们应用。我们中学生不一定要做文人，尤其不要做骄傲的文人。

我们期望于我们的写作能力，最初步而又最切要的，是在乎能够找到那些适合的“字眼”，也就是适合的“词”。怎样叫作适合呢？我们内面所想的是这样一件东西，所感的是这样一种情况，而所用的“词”刚好代表这样一件东西，这样一种情况，让别人看了不至感到两歧的意义，这就叫作适合。同时，我们还期望能够组成调顺的“语句”，调顺的“篇章”。怎样叫作调顺呢？内面的意思情感是浑凝的，有如球，在同一瞬间可以感知整个的含蕴；而语言文字是连续的，有如线，须一贯而下，方能表达全体的内容。作文同说话一样，是将线表球的工夫，能够经营到通体妥帖，让别人看了便感知我们内面的意思情感，这就叫作调顺。适合的

“词”犹如材料，用这些材料结构为调顺的“篇章”，这才成功一件东西。

动笔写作之前，谁不抱着上面所说的期望呢？这种期望是跟着写作的欲望一同萌生的。唯有“词”适合，“篇章”调顺，方才真个写出了我们所想写的。否则只给我们的意思情感铸了个模糊甚至矛盾的模型而已。这违反所以要写作的初意，绝非我们所甘愿的。

在这里，所谓“通”的界域便可限定了。一篇文章怎样才算得“通”？“词”使用得适合，“篇章”组织得调顺，便是“通”。反过来，“词”使用得乖谬，“篇章”组织得错乱，便是“不通”。从一般人讲，只用这么平淡的两句话就够了。这样的“通”没有骄傲的文人所说的那样博大高深，所以是不论何人都可能达到的，并且是必须达到的。

既已限定了“通”的界域，我们写成一篇文章，就无妨自家来考核，不必待教师的批订。我们先自问，使用的“词”都适合了么？要回答这个问题，先得知道不适合的“词”怎样会参加到我们的文章里来。我们想到天，写了“天”字，想到汹涌的海洋，写下“汹涌的海洋”几个字，这其间，所写与所想一致，决不会有不适合的“词”闯入。但在整篇的文章里，情形并不全是这么简单。譬如我们要形容某一晚所见的月光，该说“各处都像涂上了白蜡”呢，还是说“各处都浸在碧水一般的月光里”？或者我们要叙述足球比赛，对于球员们奔驰冲突的情形，该说“拼死斗争”呢，还是说“奋勇竞胜”？这当儿就有了斟酌的余地。如果我们漫不斟酌，或是斟酌而决定的不得当，不合适的“词”便溜进我们的文章来了。漫不斟酌是疏忽，疏忽常常是贻误事情的因由，这里且不去说它。而斟酌过了何以又会决定的不得当呢？这一半源于平时体认事物未能真切，一半源于对使用的“词”未能确实了知它们的意蕴。就拿上面的例来讲，“涂上白蜡”不及“浸在碧水里”能传月光的神态，假若决定的却是“涂上白蜡”，那就是体认月光的神态尚欠工夫；“拼死斗争”不及“奋勇竞胜”合乎足球比赛的事实，假若决定的却是“拼死斗争”，那就是了知“拼死斗争”的意蕴尚有未尽。我们作文，“词”不能使用的适合，病因全在这两端。关于体认的一点，只有逐渐训练我们的思致和观察力。这是一步进一步的，在尚不曾进一步的当儿，不能够觉察现在一步的未能真切。关于意蕴的一点，那是眼前能多用一些工夫就可避免毛病的。曾见有人用“聊寞”二字，他以为“无聊”和“寂寞”意义相近，拼合起来大概也就是这么一类的意义，不知这是使人不解的。其实他如果翻检过字典辞书，明白了“无聊”和“寂寞”的意蕴，就不至写下这新铸而不通的“聊寞”来了。所以勤于翻检字典辞书，可使我们觉察哪些“词”在我们的文章里是适合的，而哪些是不适合的。他人的文章也足供我们比照。在同样情形之下，他人为什么使用这个“词”不使用那个“词”呢？这样问，自会找出所以然，同时也就可以判定我们自己所使用的适合或否了。还有个消极的办法，凡意蕴和用法尚不能确切了知的“词”，宁可避而不用。不论什么事情，在审慎中间往往避去了不少的毛病。

其次，我们对自己的文章还要问，组织的“语句”和“篇章”都调顺了么？我们略习过一点儿文法，就知道在语言文字中间表示关系神情等，是“介词”“连词”“助词”等的重要职务。这些词使用的不称其职，大则会违反所要表达的意思情感；或者竟什么也不曾表达出来，只在白纸上涂了些黑字；小也使一篇文章琐碎涩拗，不得完整。从前讲作文，最要紧“虚字”用得通，这确不错；所谓“虚字”就是上面说的几类词。我们要明白它们的用法，要自己检查使用它们得当与否，当然依靠文法。文法能告诉我们这一切的所以然。我们还得留意我们每天每时的说话。说话是不留痕迹在纸面的文章。发声成语，声尽语即消逝，如其不经训练，没养成正确的习惯，随时会发生错误。听人家演说，往往“那么，那么”“这个，这个”特别听见得多，颇觉刺耳。仔细考察，这些大半是不得当的，不该用的。只因口说不妨重复说，先说的错了再说个不错的，又有人身的姿态作帮助，所以仍能使听的人了解。不过错误终究是错误。说话常带错误，影响到作文，可以写得叫人莫名所以。蹩脚的测字先生给人代写的信便是个适宜的例子；一样也是“然而”“所以”地写满在信笺上。可是你只能当它神签一般猜想，却不能确切断定它说的什么。说话常能正确，那就是对于文法所告诉我们的所以然不单是知，并且有了遵而行之的习惯。仅靠文法上的知是呆板的，临到作文，逐处按照，求其不错，结果不过不错而已。遵行文法成为说话的习惯，那时候，怎么恰当地使用一些“虚字”，使一篇文章刚好表达出我们的意思情感，几乎如灵感自来，不假思索。从前教人作文，别的不讲，只教把若干篇文章读得烂熟。我们且不问其他，这读得烂熟的办法并不能算坏，就是要把一些成例化为习惯。现在我们写的是“今话文”，假若说话不养成正确的习惯，虽讲求文法，也难收十分的效果。一方讲求文法，了知所以然，同时把了知的化为说话的习惯，平时说话总不与之相违背，这才于作文上大有帮助。我们写成一篇文章，只消把它诵读几遍，有不调顺的所在自然会发现，而且知道应该怎样去修改了。

“词”适合了，“篇章”调顺了，那就可以无愧地说，我们的文章“通”了。

这里说的“通”与“不通”，专就文字而言，是假定内面的思想情感没有什么毛病了的。其实思想情感方面的毛病尤其要避免。曾见小学生的练习簿，说到鸦片，便是“中国的不强皆由于鸦片”，说到赌博，便是“中国的不强皆由于赌博”。中国不强的缘由这样简单么？中国不强果真“皆由”

所论到的一件事物么？这样一反省，便将自觉意思上有了毛病。要避免这样的毛病在于整个生活内容的充实，所以本篇里说不到。

“好”与“不好”

提笔作文，如果存心这将是“天地间之至文”，或者将取得“文学家”的荣誉，就未免犯了虚夸的毛病。“天地间之至文”历来就有限得很，而且须经时间的淘汰才会被评定下来——岂是写作者动笔的时候自己可以判定的？“文学家”呢，依严格说，也并不是随便写一两篇文章可以取得的——只有不注重批评的社会里才到处可以遇见“文学家”，这样的“文学家”等于能作文完篇的人而已。并且，这些预期与写作这件事情有什么关系呢？存着这些预期，文章的本身不会便增高了若干的价值。所以“至文”呀，“文学家”呀，简直不用去想。临到作文，一心一意作文就是了。

作文是我们生活里的一件事情，我们做其他事情总愿望做得很好，作文当然也不愿望平平而止。前此所说的“通”，只是作文最低度的条件。文而“不通”，犹如一件没制造完成的东西，拿不出去的。“通”了，这其间又可以分作两路：一是仅仅“通”而已，这像一件平常的东西，虽没毛病，却不出色；一是“通”而且“好”，这才像一件精美的物品，能引起观赏者的感兴，并给制作者以创造的喜悦。认真不肯苟且的人，写一篇文章必求它“通”，又望它能“好”，是极自然的心理。自己的力量能够做到的，假若不去做到，不是会感到像偷工减料一般的抱歉心情么？

怎样才能使文章“好”呢？或者怎样是“不好”的文章呢？我不想举那些玄虚的字眼如“超妙”“浑厚”等来说，因为那些字眼同时可以拟想出很多，拿来讲得天花乱坠，结果把握不定它们的真切意义。我只想提出两点，说一篇文章里如果具有这两点，大概是可以称为“好”的了；不具有呢，那便是“不好”。这两点是“诚实”与“精密”。

在写作上，“诚实”是“有什么说什么”，或者是“内面怎样想怎样感，笔下便怎样写”。这个解释虽浅显，对于写作者却有一种深切的要求，就是文字须与写作者的思想、性情、环境等一致。杜甫的感慨悲凉的诗是“好”的，陶渊明的闲适自足的诗是“好”的，正因为他们所作各与他们的思想、性情、环境等一致，具有充分的“诚实”。记得十五六岁的时候，有一个同学死了，动手作挽文。这是难得遇到的题目。不知怎样写滑了手，竟写下了“恨不与君同死”这样意思的句子来。父亲看过，抬一抬眼镜问道：“你真这样想么？”哪里是真？不过从一般哀婉文字里看到这样的意思，随便取来填充篇幅罢了。这些句子如果用词适合，造语调顺，不能说“不通”。然而“不好”是无疑的，因为内面并非真有这样的情感，而纸面却这样说，这就缺少了“诚实”。我又想到有一些青年写的文章，“人生没有意义”啊，“空虚包围着我的全身”啊，在写下这些语句的时候，未尝不自以为直抒胸臆。但是试进一步自问：什么是“人生”？什么是“有意义”？什么是“空虚”？不将踌躇疑虑，难以作答么？然而他们已经那么写下来了。这其间“诚实”的程度很低，未必“不通”而难免于“不好”。

也有人说，文章的“好”“不好”，只消从它的本身评论，不必问写作者的“诚实”与否；换一句说，就是写作者无妨“不诚实”地写作，只要写来得法，同样可以承认他所写是“好”的文章。这也不是没有理由。古人是去得遥遥了，传记又多简略，且未能尽信；便是并世的人，我们又怎能尽知他们的心情身世于先，然后去读他们的文章呢？我们当然是就文论文，以为“好”，以为“不好”，全凭着我们的批评知识与鉴赏能力。可是要注意，这样的说法是从阅读者的观点说的。如果转到写作者的观点，并不能因为有这样的说法就宽恕自己，说写作无须乎一定要“诚实”。这其间的因由很明显，只要这样一想就可了然。我们作文，即使不想给别人看，也总是出于这样的要求：自己有这么一个意思情感，觉得非把它铸成个定型不可，否则便会爽然若失，心里不舒服。这样提笔作文，当然要“诚实”地按照内面的意思情感来写才行。假若虚矫地掺入些旁的东西，写成的便不是原来那意思情感的定型，岂非仍然会爽然若失么？再讲到另一些文章，我们写来预备日后自己复按，或是给别人看的。如或容许“不诚实”的成分在里边，便是欺己欺人，那内心的愧疚将永远是洗刷不去的。爽然若失同内心愧疚纵使丢开不说，还有一点很使我们感觉无聊的，便是“不诚实”的文章难以写得“好”。我们不论做什么事情，发于自己的，切近于自己的，容易做得“好”；虚构悬揣，往往劳而少功。我们愿望文字写得“好”，而离开了自己的思想、性情、环境等，却向毫无根据和把握的方面乱写，怎能够达到我们的愿望呢？

到这里，或许有人要这样问：上面所说，专论自己发抒的文章是不错的，“不诚实”便违反发抒的本意，而且难以写得“好”；但是自己发抒的文章以外还有从旁描叙的一类，如有些小说写强盗和妓女的，若依上说，便须由强盗妓女自己动手才写得“好”，为什么实际上并不然呢？回答并不难。从旁描叙的文章少不了观察的工夫，观察得周至时，已把外面的一切收纳到我们内面，然后写出来。这是另一意义的“诚实”，同样可以写成“好”的文章。若不先观察，却要写从旁描叙的文章，就只好全凭冥想来应付，这是另一意义的“不诚实”。这样写成的文章，仅是缺乏亲切之感这一点，阅读者便将一致评为“不好”了。

所以，自己发抒的文字以与自己的思想、性情、环境等一致为“诚实”，从旁描叙的文章以观察得周至为“诚实”。

其次说到“精密”。“精密”的反面是粗疏平常。同样是

"通"的文章，却有精密和粗疏平常的分别。写一封信给朋友，约他明天一同往图书馆看书。如果把这意思写了，用词造句又没毛病，不能不说这是一封"通"的信，但"好"是无法加上去的，因为它只是平常。或者作一篇游记，叙述到某地方去的经历，如果把所到的各地列举了，所见的风俗、人情也记上了，用词造句又没毛病，不能不说这是一篇"通"的游记，但"好"与否尚未能断定，因为它或许粗疏。文字里要有由写作者深至地发现出的、亲切地感受到的意思情感，而写出时又能不漏失它们的本真，这才当得起"精密"二字，同时这便是"好"的文章。有些人写到春景，总是说"桃红柳绿，水碧山青"；无聊的报馆访员写到集会，总是说"有某人某人演说，阐发无遗，听者动容"。单想敷衍完篇，这样地写固是个办法；若想写成"好"的文章，那是无论如何做不到的。必须走向"精密"的路，文章才会见得"好"。譬如柳宗元《小石潭记》写鱼的几句："潭中鱼可百许头，皆若空游无所依。日光下澈，影布石上，怡然不动。俶尔远逝，往来翕忽，似与游者相乐。"是他细玩潭中的鱼，看了它们动定的情态，然后写下来的。大家称赞这几句是“好”文字。何以“好”呢？因为能传潭鱼的神。而所以能传神，就在乎“精密”。

不独全篇整段，便是用一个字也有“精密”与否的分别。文学家往往教人家发现那唯一适当的字用入文章里。说“唯一”固未免言之过甚，带一点文学家的矜夸；但同样可“通”的几个字，若选定那“精密”的一个，文章便觉更好，这是确然无疑的。以前曾论过陶渊明《和刘柴桑》诗里“良辰入奇怀”的“入”字，正可抄在这里，以代申说。

> ……这个“入”字下得突兀。但是仔细体味，却下得非常好。——除开“入”换个什么字好呢？“良辰感奇怀”吧，太浅显太平常了；“良辰动奇怀”吧，也不见得高明了多少。而且，用“感”字用“动”字固然也是说出“良辰”同“奇怀”的关系，可是不及用“入”字来得圆融，来得深至。
>
> 所谓“良辰”包举外界景物而言，如山的苍翠，水的潺湲，晴空的晶耀，田畴的欣荣，飞鸟的鸣叫，游鱼的往来，都在里头；换个说法，这就

是“美景”，“良辰美景”本来是连在一起的。不过这“良辰美景”，它自己是冥无所知的：它固不曾自谦道“在下蹩脚得很，丑陋得很”，却也不曾一声声勾引人们说“此地有良辰美景，你们切莫错过”。所以有许多人对于它简直没有动一点儿心：山苍翠吧，水潺湲吧，苍翠你的，潺湲你的，我自耕我的田，钓我的鱼，走我的路，或者打我的算盘。试问，如果世界全属此辈，“良辰美景”还在什么地方？不过，全属此辈是没有的事，自然会有些人给苍翠的山色、潺湲的水声移了情的。说到移情，真是个不易描摹的境界。勉强述说，仿佛那个东西迎我而来，倾注入我心中，又仿佛我迎那个东西而去，倾注入它的底里；我与它之外不复有旁的了，而且浑忘了我与它了：这样的时候，似乎可以说我给那个东西移了情了。山也移情，水也移情，晴空也移情，田畴也移情，飞鸟也移情，游鱼也移情，一切景物融合成一整个而移我们的情时，我们就不禁脱口而出：“好个良辰美景呵！”这“良辰美景”，在有些人原是视若无睹的；而另有些人竟至于移情，真是“嗜好与人异酸咸”，这种襟怀所以叫作“奇怀”。

到这里，“良辰”同“奇怀”的关系已很了然。“良辰”，不自“良”，“良”于人之襟怀；寻常的襟怀未必能发现“良辰”，这须得是“奇怀”；中间缀一个“入”字，于是这些意思都含蓄在里头了。如其用“感”字或者“动”字，除开不曾把“良辰”所以成立之故表达外，还有把“良辰”同“奇怀”分隔成离立的两个之嫌。这就成一是感动者，一是被感动者；虽也是个诗的意境，但多少总有点儿索然。现在用的是“入”字。看字面，“良辰”是活泼泼地流溢于“奇怀”了。翻过来，不就是“奇怀”沉浸在“良辰”之中么？这样，又不就是浑泯“辰”与“怀”的一种超妙的境界么？所以前面说用“入”字来得圆融而深至。

从这一段话看，“良辰入奇怀”的所以“好”，在乎用字的

“精密”。文章里凡能这般“精密”地用字的地方，常常是很“好”的地方。

要求“诚实”地发抒自己，是生活习惯里的事情，不仅限于作文一端。要求“诚实”地观察外物，“精密”地表出情意，也不是临作文时“抱佛脚”可以济事的。我们要求整个生活的充实，虽不为着预备作文，但“诚实”的“精密”的“好”文章必导源于充实的生活，那是无疑的。

“上口”与“入耳”

《文字改革》今年第三期登了吕叔湘先生的一篇文章，题目叫《拼音字母和文风》。吕先生说“文章的风格跟所用的文字的形式密切相关”。他拿两段文章做例子，一段文章用汉字写用拼音字母写都成，另一段文章如果不用汉字而用拼音字母写，“可能有些读者对于里边的某些词语始终弄不明白是怎么回事”。

吕先生的看法我完全赞同。我很早就这么想，假如使用拼音文字，文章的风格必然要有所改变，决不能完全照现在的样子。现在的文章是依靠汉字的，放弃汉字，改用拼音，如果原封不动，把一个个汉字拼出来，作者自己准不会满意。那时候作者一定想到一个问题，像这样的拼音文字的文章，能使读者完全看懂，不感觉一点障碍，不发生一点误会吗？回答的话就跟在后头，未必能使读者完全看懂吧。未必能使读者完全看懂的文章，认真负责的作者怎么会满意呢？于是知道改用拼音不仅是把汉字改成拼音文字的事，更重要的是文章的风格也得改。

说现在的文章依靠汉字，就是说，咱们看了一连串的汉字，只要认得字形，了解字义，就能领会全篇的意义。这一连串的汉字组织起来，固然按照汉语的规律，可是不很顾到“上口”和“入耳”两个条件，换句话说，不很顾到便于说和听。这是很自然的事，并非作者存心贪懒。有汉字摆在那里，只要看就是了，说起来拗口不拗口，听起来陌生不陌生，似乎都不关重要。

使用拼音文字，情形就不同了。拼音文字当然也有定形，也是某个定形表示某个意义。但是就整篇文章说，必须充分顾到“上口”和“入耳”两个条件，说起来挺顺当，听起来不含糊，才能使读者完全懂。拼音文字的文章着重依靠声音，所以要禁得起说和听的考验。写拼音文字的文章，只要顾到这一点，风格自然不能跟用汉字写的文章完全一样。

以下另外说一点意思。

现在咱们写文章用汉字，不用拼音文字，是不是也该充分顾到“上口”和“入耳”两个条件，也该要求禁得起说和听的考验呢？我想是应该的，因为情势已经发展到这样地步，文章不光是用眼睛看看就算，需要放到嘴上去说，用耳朵来听的场合太多了。

读报小组，读书小组，大会发言，广播，朗诵，诸如此类的场合，不都是由一个人或者几个人拿现成的文章放到嘴上去说，此外多数人就用耳朵来听吗？说出来的只是一连串声音，听到的就是这一连串声音，汉字不再起媒介的作用。这时候，听的人能否完全听懂，要看说的人能否尽量说好，更要看拿来说的文章能否尽量写好。要是文章不很顾到“上口”这个条件，说起来即使格外努力，多方注意，想把它说好，也不能使听的人句句“入耳”，完全听懂。这样的经验，做广播员的，当朗诵者的，印象最深刻。咱们在收音机旁边，在小组或者大会的会场里，静心细听，也常常会感觉文章确实要顾到“上口”和“入耳”，才能充分地起交流思想的作用。

“上口”是就说的方面说，“入耳”是就听的方面说，其实是一回事。“上口”的文章必然“入耳”，反过来，不怎么“入耳”的文章就因为它不怎么“上口”。既然文章应用在说和听的场合越来越广，写文章就有顾到“上口”和“入耳”的必要。关键在乎“上口”，前边已经说过，“上口”的文章必然“入耳”。

文章当然要加工，但是要在平常说话习惯的基础上加工，做到比平常说话更好。无论斟酌用修辞手段或者描写技巧，考虑用简练的短句还是繁复的长句，准备用文言词语或者如吕先生所说的“发掘口语潜力”，总之抓紧一点：是不是合乎平常说话习惯。平常有这么说的，习惯这么说的，并不是生撰生造，才决定用上，否则一概不用。真能做到这一点，写成的文章就禁得起说和听的考验，说起来“上口”，听起来“入耳”。有些文章禁不起这个考验，多半由于只照顾到内容，可是疏忽了平常说话习惯。或者也注意了加工，可是疏忽了要在平常说话习惯的基础上加工。

现在咱们写文章用汉字，是不是可以拿汉字当拼音文字看待呢？当然可以。拼音文字表音，汉字也表音。只要设想改用拼音文字的时候文章该怎么写就怎么写，不就可以用汉字而避免依靠汉字的弊病，形成便于说和听的新风格了吗？这个话说说容易，实践起来并不简单。但是我相信，为了使文章充分地起交流思想的作用，凡是执笔的人，作者，记者，编辑员，一切文件的撰稿者，都愿意朝这个方向努力。

准确·鲜明·生动

写东西全都有所为，要把所为的列举出来，那是举不尽的。总的说来，所为的有两项，一项是有什么要通知别人，一项是有什么要影响别人。假如什么也没有，就不会有写东西这回事。假如有了什么而不想通知别人或者影响别人，也不会有写东西这回事。写日记和读书笔记跟别人无关，算是例外，不过也可以这样说，那是为了通知将来的自己。

通知别人，就是把我所知道的告诉别人，让别人也知道。影响别人，就是把我所相信的告诉别人，让别人受到感染，发生信心，引起行动。无论是要通知别人还是要影响别人，只要咱们肯定写些什么总要有益于社会主义之世，就可以推知所写的必须是真话、实话，不能是假话、空话。假话、空话对别人毫无好处，怎么可以拿来通知别人呢？假话、空话对别人发生坏影响，那更糟了，怎么可以给别人坏影响呢？这样想，自然会坚决地作出判断，非写真话、实话不可。

真话、实话不仅要求心里怎样想就怎样说，怎样写。譬如不切合实际的认识，不解决问题的论断，这样那样的糊涂思想，我心里的确是这样想的，就照样说出来或者写下来，这是真话、实话吗？不是。真话、实话还要求有个客观的标准，就是准确性。无论心里怎样想，必须所想的是具有准确性的，照样说出来或者写下来才是真话、实话。不准确，怎么会“真”和“实”呢？“真”和“实”是注定跟准确连在一起的。

立场和观点正确的，一步一步推断下来像算式那样的，切合事物的实际的，足以解决问题的，诸如此类的话就是具有准确性的，就是名实相符的真话、实话。

准确性这个标准极重要。发言吐语，著书立说，都需要用这个标准来衡量。具有准确性的话才是真话、实话，才值得拿来通知别人，才可以拿来影响别人。

除了必须具有准确性而外，还要努力做到所写的东西具有鲜明性和生动性。

鲜明性的反面是晦涩、含糊。生动性的反面是呆板、滞钝。要求鲜明性和生动性，就是要求不晦涩，不含糊，不呆板，不滞钝。这好像只是修辞方面的事，其实跟思想认识有关联。总因为思想认识有欠深入处，欠透彻处，表达出来才会晦涩、含糊。总因为思想认识还不能像活水那样自然流动，表达出来才会呆板、滞钝。这样说来，鲜明性、生动性跟正确性分不开。所写的东西如果具有充分的准确性，也就具有鲜明性、生动性了。具有鲜明性、生动性，可是准确性很差，那样的情形是不能想象的。在准确性之外还要提出鲜明性和生动性，为的是给充分的准确性提供保证。

再就是为通知别人或者影响别人着想。如果写得晦涩、含糊，别人就不能完全了解我的意思，甚至会把我的意思了解错。如果写得呆板、滞钝，别人读下去只觉得厌倦，不发生兴趣，那就说不上受到感染，发生信心，引起行动。这就可见要达到通知别人或者影响别人的目的，鲜明性和生动性也是必不可少的。